百人百樹

木を巡る
歌びとたち

沖ななも

本阿弥書店

百人百樹——木を巡る歌びとたち＊目次

装幀　おくむら秀樹

百人百樹——木を巡る歌びとたち

沖ななも

紫木蓮

いにしえの王《おおきみ》のごと前髪を吹かれてあゆむ紫木蓮まで

阿木津 英
『紫木蓮まで・風舌』

木蓮には紫木蓮と白木蓮がある。英語では Lily tree (Magnolia とも)、原産地中国では紫玉蘭というらしい。英国では百合、中国では蘭、日本では蓮。国によって見立てが違うのは面白い。

日本で「蓮」というのは何故だろう。何が蓮をイメージさせるのだろうか。どこかに、蓮に似ているからと書いてあったが、

しもくれん

蓮はもう少し平らな感じ、それに紫色が濃いように思うが。紫は高貴な色とされている。あるいは清楚な白木蓮からのイメージか。原種は紫だが。

花びらの外側は濃い紫、内側は薄紫、あたかも襲《かさね》の色目を思い出させる。「菫」という組み合わせの色目。花の根元が濃く、先にいくほど薄くなるグラデーションでもある。そうした色の組み合わせが、日本人の美意識にかなっていたので長く愛でられてきたのだ。

「いにしえの王」のように、とは精神性を言ったのだろうか。王のような、あるいは親王のような気分で。ここでも高貴なイメージを喚起させる。「紫木蓮まで」と言い切っているところ、凜とした歌である。

白木蓮

背の山の諸霊集ふか谷かげに白木蓮の古木咲き満つ

富小路禎子
『不穏の華』

白木蓮は、しばしば辛夷と間違えられる。やや小ぶりに見えるのが辛夷。辛夷の花びらは六枚。白木蓮も六枚なのだが、花びらの下にある萼が、花びらとまったく同じ色と形なので、九枚あるように見える。

ときには「はくれん」と呼ばれるが、それだと白い蓮と思われるので、「はくもくれん」と呼びたい。

はくもくれん

白木蓮の白は、深みのあるしっとりとした白さなので、冷たさよりも温かみがある。繭のような白さと譬えてもいい。妖艶でもある。白の妖しさは、清楚なだけにいっそう深い。

山陰《やまかげ》の、ましてや諸霊が集まるような場所、谷かげであれば、さぞかし妖しげでもあるだろう。美しさの極みは妖しさである。

鬱蒼と木の茂った山に、ひとところ、高貴な白い花が咲いている。古木であれば高く大きく、山の一角にたしかな座を占めている。妖しげでないはずがない。「咲き満つ」と言っている。あたかも諸霊が集まっているかのように、である。

辛夷

梢《うれ》たかく辛夷の花芽ひかり放ちまだ見ぬ乳房われは恋ふるも

小野興二郎

『天の辛夷』

この歌を初めて読んだとき衝撃を受けた。辛夷の花芽と乳房の結びつきがとても新鮮だったからだ。今ではあまりに幼い感じがするかもしれないが、少し前の時代では若い男性にとって、女性の、あるいは恋人の乳房には密かな憧れがあったものだ。

辛夷は、中国では木蓮のことで、コブシは「拳」と書く。蕾が握り拳に似ているところからきている。とはいえ、知ったか

こぶし

ぶって「拳」と書くと、なんと気障な奴かと思われること間違いない。以前どこかの新聞に「拳」と書いたら編集部に問い合わせが来たことがあった。

辛夷を「田植え桜」「種蒔き桜」と呼ぶ地方がある。辛夷なのに桜かと思うが、季節と農耕の関係である。桜は「さ」「くら」と言われ、「さ」は早苗とか早乙女などの「さ」で稲の神様、「くら」は神さまの降りて来る「座」という説がある。稲耕作に関わる植物だった。しかし北の国では桜がまだ咲いていないということもあり、桜の代わりに、辛夷が咲き始めると種を蒔いたり田を耕したり。耕作時期の目安にしたのだ。

杏

はとばまであんずの花が散つて来て船といふ船は白く塗られぬ

斎藤　史

『魚歌』

『魚歌』は昭和十五年の出版。傑出してモダンだった。口語であること、また「はとば」が平仮名で書かれていること。なにより春のイメージが眼前にぱあっと広がっていくような迫力があったこと。生活の歌などが席捲する当時の歌壇の中にあって、新鮮なイメージを喚起させ、美しい風景画を思わせる情景を鮮やかに展開してみせたこと。

あんず

新しい時代の幕開けを思わせる歌集だった。

　杏は、桜のようにも見えるが、桜より一足先に咲く。私も、開花の早い桜だなあと思っていつも見ていた木に、あるとき杏の実が生っているのに気が付いて驚いたことがある。淡淡《あわあわ》とした紅いろ、なんとも初々しい花びらは桜にも劣らない。この歌はどうしても杏であって、桜などではない。古い美意識の枠を超えている。

　種《たね》は杏仁、漢方では咳止めになるが、ほかにも杏仁豆腐などとして食べる。私はシロップ漬けのようなものをいただいたことがあったが、超が二つくらい付くほどおいしかった。

桃

鶏ねむる村の東西南北にぼあーんぼあーんと桃の花見ゆ

小中英之
『翼鏡』

鶏はいつ眠るのだろう。たぶん夜だろう。ではこの歌は夜か。たぶん違う。鶏でさえ眠っているような、何の音もしない、けだるい昼下がり。四囲には桃の畑が広がっている。農家の人の姿も見えない。動くもののない長閑な山里の風景である。

「ぼあーんぼあーん」というオノマトペが、取りとめのない風景の豊かさを物語っている。

もも

桃と言えば、女の子の節句。桃には悪魔を払う力があると思われていた。実には薬効もある。かの西王母の園には桃の木があり、いたずら小僧の孫悟空がその実を盗んで食べたと言われる。その時あやまって落とした実の一つが地上に根づき、やがて芽を出し、育っていった。これが地上に桃が生じた初めの物語ということになる。

近くで行き倒れになった老人に、桃の実を食べさせたところ、たちまち元気を取り戻したという中国の昔話がある。そんなエネルギーが桃の実にはあるのだ。

栄養があったらしく、桃は更年期の女性にいいとも言われて、大正時代までは健康食品に近かった。

朴

朴の木の疾風に撓ふ葉交より立つ莟あり珍《うづ》の白玉《はくぎよく》

鈴木幸輔
『花酔』

「珍」とは、ただ珍しいというだけではなく、めったにない貴重なという意味。広辞苑には神や天皇に用いるとある。「珍《うず》神《がみ》」という言葉もある。この上なく高貴で美しいこと。また玉《ぎょく》も美しい玉のこと、つまりは宝石のことを言う。ここでは朴の蕾の美しさを、最上級の褒め言葉をもって表現しているのである。

ほおのき

朴は、梢のほうに花が咲き、しかも上を向いているので下からはなかなか気づかない。葉も、大きく茂っているのでよけい花を見失ってしまう。むしろ花が散ってから、咲いていたのかと思うことがある。この歌は蕾。二階の窓からでも見ているのかもしれない。

白い花だが、白といっても絹のような柔らかい白。オフホワイトというか、ほんの少し黄色味がかった、卵のような、温かみのある白なのである。葉の間にちらっと見える白い玉、その高貴さに目を奪われている。

春の疾風《はやて》に揉まれて、高貴な美、嫋やかな美が痛めつけられている。ものの哀れとはこういうことを言うのかもしれない。

楢

ふりあふぎ触るれば心よみがへる楢の幹には春の朝つゆ

清水房雄
『散散小吟集』

楢の語源は様々ある。「ナラ」には韓国語で平という意味もあるらしく、葉が広く平らかだからという説。しなやかな貌をナラナラというところから、若葉がしなやかなのでという説などだが、もちろん決め手はない。

朝鮮ではkalak-namと言う。Kalakは紡錘《つむ》の意で、いわゆる紡錘形、実の形が似ているからという説（『木の名の由来』深津正・小林義雄）。いろいろ説があるのは、はっきりわからないということでもある。そんなに広く平らという感じもしない。若葉がしなやかなのは落葉樹全般に言えるから、とりたてて特徴と言えるかどうか。

水楢も楢の一種だが、単に楢というと一般的には小楢をさす。私にとっては一番身近な木と言える。ドングリを拾って遊んだり、茸をとったり、昆虫を探したり。つまりは雑木林の主役だから。

何か心弱りのようなとき、楢の木に触ったり振り仰いだりするとなんとなく安心感があり、心が蘇ってくる。木の芽吹きとはそうしたエネルギーを持っているものだ。「春の朝つゆ」という、蘇りの息吹を感じているのだ。

水楢

水楢の芽だちまばゆき天に鳴き鴉はふときくちばしを持つ

杜澤光一郎

『黙唱』

水楢は、水分が多いので水楢と呼ばれている。ヨーロッパでは山毛欅《ぶな》を森の女王、水楢を森の王と言うと聞いたことがある。かなりの大木になること、森の多くを占めていることなどからそう呼ばれたのだろう。

私たちは木材として重宝している。たとえばウイスキーの樽など。なぜウイスキー造りに水楢の木がいいのか。何といっても香りがいい。水楢の香りがウイスキーの味わいを深める。しかも日本のウイスキーの特色にもなって海外に人気だとか。日本酒だと杉を思い起こすが、酒の種類によってそれぞれ木の特徴を生かして使われる。

また、かなり大木になるので、家具などにも使われる。実用ばかりでなくもちろん鑑賞にも堪える。

私は木曾の山の中で何とも嫋やかな高貴な水楢を見たことがある。孔雀が羽を広げたような美しさだった。芽ぶきや葉ばかりでなく、立ち姿が優雅なのだ。

水楢は落葉広葉樹で、したがって芽吹きのときは美しい。抄出の歌は鴉のほうが主役だが、芽吹きの美しい天という背景が、鴉の嘴を屹立させている。

なんじゃもんじゃ

生れは甲州鶯宿峠《おうしゅくとうげ》に立っているなんじゃもんじゃの股からですよ

山崎方代
『右左口』

山崎方代のこの歌によって、あまりにも有名になってしまったなんじゃもんじゃ。方代を慕っている多くの歌人が、鶯宿峠に立っていたこのなんじゃもんじゃを訪れていたようだが、先年とうとう枯れてしまった。樹齢は四〇〇年ほどだったらしい。もともとなんじゃもんじゃという木は無い。なんだかわからない木ということで、全国にある。樹齢を重ねると、専門家で

なんじゃもんじゃ

も一見しただけでは何の木だか判らなくなることがある。よく調べると樟だったりヒトツバタゴだったりする。鶯宿峠の、方代が詠んだこのなんじゃもんじゃ、実は両面檜。葉の裏と表に同じような葉脈が奔っていて見分けがつかないところからそう呼ばれる。

最近では、白い滝の水が溢れて噴き出すような美しい花を咲かせるヒトツバタゴのことをなんじゃもんじゃと言うことが多くなった。それに対して、両面檜は、人気を得るには少し地味すぎるか。

山崎方代は山梨の生れ。「木の股から生まれる」とは、人の情を解さない堅物ということ。自嘲的な歌である。

えご

えごの木は白く花咲く野は五月アルビノーニを口ずさみゆく

水野昌雄
『百年の冬』

えごのきは『原色樹木大圖鑑』によると括弧して「チシャノキ」とある。

別のページにもチシャノキがある。こちらはカキノキダマシという別名を持つ。また若葉をたべると萵苣の味がするという。

萵苣とはレタスのこと。ややこしい。

大伴家持の歌（万葉集巻18）に「ちさの花咲ける盛りにはし

えごのき

きよし……」とある、ちさは萵苣、つまりえごのことだという。この頃からもう愛でられていたのだ。

　えごの木の語源は、木の皮がえごい（えぐい）からだという説もあるようだが、多くの木の皮など（あまり食べたことはないが）どんな木でもえぐいのではないだろうか。ちなみに漢字では「蘞い」と書く。どんな味かと問われれば、何とも言いようがない、としか言いようがない。そもそも味なのか、刺激なのか。

　アルビノーニのアダージョといえば映画音楽などにもしばしば使われる。あまり明るい曲ではない。何かの映画でも思い出して口ずさみながら歩いているのだろうか。翻って野は五月なのである。

栴檀

梅檀はむらさき淡く咲き盛り広島はヒロシマをすこしく忘る

馬場あき子

『九花』

梅檀は、広辞苑によると香木の名前という。また白檀の別名とも。香気の共通性もあって混同されていったのだろう。「栴檀は双葉より芳し」と言うときの梅檀は白檀のほうらしい。白檀は樹木としてより香木として貴重品だ。高価なのでめったに目にすることはない。茶の湯の席や香道の席などで、小枝のような枯れたようなのくらいしか見たことがない。

せんだん

梅檀は、私の印象だが西日本に多いような気がする。広島でも初夏になると紫色の美しい花が咲く。紫の小さな花が集まって咲くので遠目では煙ったように淡い。

ヒロシマは悲惨な時期を持っている。梅檀は、インドでは邪気を払うとして敬われ、西洋でも霊木として崇められてきた。その邪気を払うイメージで梅檀を眺め、いっとき悲惨な歴史に祈りをこめたのだろうか。

日本の古くは少し違うイメージがある。古名は樗で、梟首台つまり罪人の首をさらす台に使われたというのだ。少し禍々しい感じがするが、むしろその邪気を払うためだったという説もある。

楝

幾年を経て截然と見え来たる過誤ぞ楝《あふち》は花過ぎんとす

尾崎左永子
『彩紅帖』

楝は、梅檀の古い呼び名である。もう一つの樗「おうち」はニワウルシと出ている。今は同じように使われているが本来は違うのかもしれない。梅檀の古名とは出ているが、どうしてそうなったのかは調べてもよくわからなかった。植物の名前はとても複雑で、一つの植物に複数の名前があり、一つの名前に複数の種類があったりする。そんなわけでカタカナで書くのにも

おうち

一理ある。

棟と樗、辞書には同じように書かれているがもとは別だったのだろう。樗は役に立たない木とされた。

樗材《ちょざい》とか樗才などという言葉もあり、役に立たないこと、自分を遜《へりくだ》って言う言葉。

抄出の歌、時間を経たことによって見えてくること、はっきりと見えて来た過誤。それが何だったのかはわからないが、あんがい人生は過ぎ去ってから誤りだったとわかることが多いものだ。あるいは高齢になって初めてわかることも多いのではないだろうか。

むろん役に立たないこととは違うが、過誤だったという悔い。棟でさえ花季がすぎてしまった。

蒲桃

ふともも科常緑高木蕃石榴《ばんじろう》高さ五メートルその実美味《びみ》といふ

高野公彦
『渾円球』

夢の島熱帯植物園で「フトモモの木」と札が下がっているのを見て、つい笑ってしまった。どうしたって太腿を思わせる。漢字で書くと蒲桃。これをなぜフトモモと読むのだろう。フトモモ科の蕃石榴、これはバンジロウと読むが、つまりはグアバである。それなら知っていると言う人が多いだろう、木ではなくジュースとして。

ふともも

熱帯地方が原産地だが日本でも沖縄あたりで栽培され、近年では野生になってしまっているらしい。

私の見たフトモモはあまり太くもなく、実もなっていなかったので名前以外、興をそそられる木ではなかった。しかし実はおいしい。薔薇のような香りがして、林檎のような歯ざわりという。英語名は Rose apple という。なるほどこの名前だとおいしそうな感じもする。

名前とは不思議なものである。作者は実を食べたわけでもなく、その名前を楽しんでいるのだ。フトモモ科という、はなはだ植物らしくない名前。グアバと言ってしまえばいいし、蕃石榴だけでもいいのにわざわざ「ふともも科」と入れて。

合歓

昼間みし合歓《かうか》のあかき花のいろをあこがれの如くよる憶ひをり

宮 柊二

『群鶏』

合歓は「ねむ」と読む。音感からするととても柔らか。しかしここではあえて「かうか」とルビを振って固くしている。『群鶏』には他にも合歓の歌が何首もある。「合歓の花紅うるみ咲きて居り昼どきと思ふ山のしづけさ」「幼な合歓《ねむ》味爽《よあけ》淡《あは》あはとくれなゐの咲きそめし花吹かれゐにつつ」「萌えいでていまだはやはき葉の合歓のほのかに紅き花もたむいつ」「浅みどり

ねむのき

合歓のをさなき葉の上に夕靄は流れて田に下るらし」などであるが、こちらはルビは無いが、音数的には「ねむ」と読ませている。抄出の歌だけ「かうか」と読ませている。むろん音数の関係ということもあるだろうが、それだけだろうか。

合歓の花といえば、芭蕉の「象潟や雨に西施がねぶの花」をまず引き合いに出したいところだが、そんな優しい風情ではない。しかし合歓の花は芭蕉の句のイメージに近いものだ。ふわふわした花で、取り止めのない柔らかい花なのである。

合歓の木の名前の由来は、夕方になると葉を閉じることから来ている。花を閉じるわけではない。

ユリノキ

細きうで空に伸ばせるユリノキはこの道の辺に木の葉を散らす

内藤　明

『薄明の窓』

ユリノキは幾つかの名称がある。葉が、半纏に似ているので半纏木という。軍配の木、奴凧の木、蓮華木、花がチューリップに似ているというのでチューリップの木という。そしてユリノキ。むろん百合に似ているから。

チューリップなのか百合なのか。いずれも花の形か葉の形からきている。見る人によってさまざまな名前をつけて呼びたく

ゆりのき

なる楽しい木なのである。

一般的にはユリノキと呼ばれている。

新宿御苑とか上野の博物館にはかなり大きなユリノキがあって、人目を引く。

人目を引くといったが、実際にはよほど知っている人しか気が付かない。多くは大木で、花はあまり大きくなく、高い梢に咲いているので気が付かないのだ。オレンジ色の花が散っていて、何だろうと思って見上げて、初めてユリノキと気付くというわけだ。

抄出歌、木の葉を散らすというのだから花季ではない。「この道」というので、いつも通っている道にユリノキの葉が散ってくることを歓迎している。

柏槇

命また太りゆくかな槇柏《しんぱく》の巨木くまどる稚《わか》きみどりは

大下一真

『即今』

蘭渓道隆が中国から持ってきた種を蒔いたと言われる鎌倉建長寺のビャクシン。つまり七五〇年くらいの樹齢になる。高さ十三メートル。しかし高さよりは容姿が目を引く、凄い。本堂へ向かう参道両側に六本。それぞれが異様な姿。捻じれたような、くねったようような。樹齢が顔に出ているような風情である。

中国から来日するとき僧侶は何を持ってくるか。むろん経典

びゃくしん

などが主なものだと思うが、なぜ樹木など持ってくるのだろう。栄西は茶の木を持ち帰ってきた。茶は、薬でもあったのだからこれはわからなくもない。

ビャクシンは、いかにも禅寺にはふさわしい、ごつごつした樹。若木なら幹が太っていくのもわかるが、樹齢七〇〇年も過ぎると育っているのは目に見えない。

常緑樹といえども新芽は出る。小さいが花も咲く。こんな老樹になっても新芽は可愛く、優しい。老樹が新芽を出しているのを見ると涙ぐましい気もする。生物は、生きている限り新生を繰り返しているのである。一般的には盆栽になったのを槙柏《しんぱく》と呼ぶことが多い。

桐

母の言葉風が運びて来るに似て桐の葉ひとつひとつを翻《かえ》す

岸上大作
『意志表示』

初夏のころ薄紫の房状の花をつける。多くは高いところに咲いているので気付きにくい。葉は大きく、風に翻るところは、母の言葉を風が運んでくるという比喩にふさわしい。母親と別れて暮らす若い男性にとって、そうした甘やかな気持ちにもなることだろう。「言葉」から「葉」もイメージしやすい。

・桐の花釘散らしたる淋しさに　攝津幸彦

きり

初夏に咲くので淋しいとは思えない、とはいうものの何となく心寂《うらさみ》しい花でもある。

昔から、娘が生まれたら桐の木を植えろと言われてきた。十五年から二十年と成長が早く、娘が嫁に行くときはそれで箪笥を作って持たせるという。江戸時代からあった習慣だというが、実際はどうなのか。

材になった桐は水分を含み、火事になっても桐箪笥の中は燃えないという。したがって大事なものを入れた。

また肌理が細かくて美しい。肌理の美しさを「木理《もくめ》」（木目とも書く）というらしいが、それを音読みにした「きり」が木の名のもとになっているともいう。

青桐

青桐《あをぎり》の下にたれかを待ちながら土曜日はひまさうな自転車

永井陽子
『モーツァルトの電話帳』

桐とは言うがアオイ科。キリ科の桐とは違う。葉が桐に似ていて、幹が青いことから名付けられた。青桐とも書くが、梧桐と書くこともある。中国名に由来する。梧桐と書いて思い出すのは河東碧梧桐。本名の秉五郎《へいごろう》から捩《もじ》ったのか。

万葉集の巻5に大伴旅人が藤原房前に「梧桐の日本琴一面」を贈ったという歌、この琴が夢の中で乙女になって歌った「如《い》

あおぎり

何《か》にあらむ日の時にかも聲知らむ人の膝の上《へ》わが枕《まくら》かむ」。これも梧桐とあるが桐ではないかという説もあるらしい。確かに現代では琴のほとんどが桐で、梧桐というのはあまり聞かない。もっとも「対馬の結石山の孫枝なり」とあるので対馬ではあったのかもしれない。

現代では街路樹か公園などに植えられている。街路樹にもたせかけられた自転車。今なら放置自転車として処理されてしまうかもしれない。

持ち主不明の自転車に人格を与えているのだが、自分自身を投影しているか。休日ではない土曜日の中途半端さ。かつて土曜日は半日休暇だった。

白樺

白樺は一本となり暮るるまでさゐさゐと葉の音こそはすれ

篠　弘
『軟着陸』

ひがな一日、葉擦れの音を零している白樺。その下で本でも読んでいたか、一日かすかな音を聴きながら過ごした。木とともにある時間の豊かさ。

小熊秀雄に「白樺の樹の幹を巡つた頃」という詩がある。「誰かいま私に泣けといつた／白樺の樹の下で……大人になつても泣けるといふことは／みな昔樺の樹を巡つたせいだ」。大

しらかば

人になっても泣ける、そんな思いにさせてくれる白樺。

たぶん日本で一番有名な白樺は、日光の「小田代ヶ原の貴婦人」と呼ばれる一本ではないだろうか。季節によって表情が変わるというので、四季・朝夕・晴・雨・雪いろんな場面を撮りに、何回も飽きずに来る人がいる。

白樺は、すらっと長身になるが、寿命が短いのか、大樹といわれる堂々とした姿を見たことがない。人気のこの木も大木ではない。すっきりと細く、その肌どこまでも白く、瑞々しい爽やかさ。いったい何時、誰が付けたのか「貴婦人」の名称がぴったり。不思議なもので良い名前が付いたことでさらに人気が高まる。

プラタナス

プラタナス地にしずかなる影となりおさなきものをひと日遊ばす　三枝昂之

『塔と季節の物語』

プラタナスは学名で、日本語で言えば鈴懸の木である。山伏が胸に下げている袈裟に付いている丸い房のようなものに、この木の実が似ているところから付けられた名前。英語ではボタンボールツリーというが、なるほどヨーロッパやアメリカに山伏はいない。

たしかに実としては大きい。トゲトゲのように見えるが、柔

ぷらたなす

らかくふさふさとして触っても痛くはない。

新宿御苑のプラタナスが有名だが、明治三十年、日本に最初に植えられた。明治という時代はとにかくさまざまなものを西洋から取り入れようとしたのだなあとしみじみ思う。

今ではどこの公園にも一本くらいはある。大木になるし、葉も大きいので日陰になりやすい。夏にはその樹の下は一度か二度涼しいのではないかと思う。

子供にとってもかっこうの遊び場。この木の表情が、身のめぐりで子どもを遊ばせている好々爺のようなのである。樹肌を少しくらい傷つけても怒らない。いいよいいよと、笑って見ている、そんな穏やかな木なのである。

木槿

おのずから今日をえらびて咲きにけり一日花よ白いムクゲよ

鳥海昭子

『ほんじつ吉日』

木槿の花季は長いが、一花一花としてみれば一日しか咲いていない。たくさんの蕾があるが、それぞれ「この日」と思って咲く。木槿に意志があるわけではないが、そうとしか思えない。大雨の日に咲く花もあれば、こんなに寒くなっても咲くのかという時期を選ぶのもいる。

人間だってそうだ。震災のさなかに生まれる子もいる。大津

むくげ

波の直後に生まれる子もいる。なんでこんな日にというときを選んで果敢に生まれる。

一日花であるところから中国では「舜」というらしい。（『花の履歴書』湯浅浩史）短い花のたとえに。反対に韓国では永久の花として「無窮花」として国花になっている。一つの花は短いが、つぎつぎ咲き継いで、結果的に花季は長くなる。国によって捉え方が違う。

木槿といえば「宗旦木槿」が有名だ。茶人の宗旦が好んだ木槿で、一重の白い花の中心部が濃い紅いろ、底紅という。花の中央、奥の方が赤いのでそう呼ぶのだが、底紅といえば木槿のことを指すまでに有名になってしまった。たしかに見事なコントラストだ。

バオバブ

宇宙にはバオバブの根がみなぎって幾度も生まれてくるゆめの蟬

井辻朱美

『クラウド』

写真で見たことはあるが、実際には見たことがないバオバブ。何とも異様な姿をしている。熱帯のサバンナのような乾燥地帯に自生しているという。見た目は何かとてもバランスが悪い、安定感がない。バオバブには上のほうが太いのもある。ずんぐりしたのもある。幹の太さのわりには枝葉が異常に小さい。根が上のほうにあるような姿もある、とすれば宇宙に根が漲

ばおばぶ

っている（見えないけれど）かもしれない。地中にいる筈の蝉だって生まれるかもしれない。天と地が逆さまになっている感覚だ。

珍しいとしか言いようのない木だが、マダガスカルにはバオバブ街道というのがあり、土地の人にとってはあたりまえの木なのだそうだ。そりゃそうだ。

見たことがなく実感できないが巨木、樹齢も三百年や五百年はざら。六千年というのもある。

不思議な木で、年輪が無く、体内には多量の水を溜め込むことができて乾燥に耐える。植物は環境から身を守るための努力もしているし、賢い生き物なのである。

胡桃

蟬のこえ充てる胡桃の木の下にアンゴラと牧師と遊ぶ夕暮

田井安曇

『木や旗や魚らの夜に歌った歌』

青森の三内丸山遺跡から大量の栗や鬼胡桃が出てきた。ポシェットのような袋に入っていたというので、なんだか縄文人の生活に触れたようで身近に感じたものだ。胡桃は縄文時代の食料として重要だった。脂肪分が多いので大事だったのだろう。

今でもお菓子や料理に使われる。正月の田作りにも胡桃を入れる。友人はわざわざ長野の小布施だったか、直送してもらっている。長野の胡桃がいいらしいのだ。

蟬の声充てる胡桃の木の下、という風景も長野では特別のことではないのかもしれない。アンゴラとはアンゴラ兎のことか。アンゴラ山羊もあり、こちらはモヘアになる。

この作品は歌集の冒頭、「はじめの歌」の一首目、年齢でいえば十八歳ごろ。飯山の教会で洗礼を受け、牧師の家族のように育ったという。戦後、政治と文学に急に目覚めた多感なころ。愛知県豊川市の師範学校に在学中、しばらくぶりで帰省したというような背景だろうか。一連の中には母の歌もある。

櫨

とびきたる白布いちまいに枝におき秋くれないに揺るる櫨の木

久々湊盈子

『黒鍵』

ハゼノキ、ハジともいう。ウルシ科なのでハゼウルシなどという。櫨は紅葉が美しい。モミジなどよりもっと赤が透明でシャープ。

天皇だけが着られる黄櫨染御袍《こうろぜんのごほう》は、櫨と蘇芳を酢と灰とで染めたものだが、古くはヤマウルシやヤマハゼのことをハゼノキと言っていたようで、ヤマハゼのことらしい。現在の櫨とはやや違うかもしれない。たいへん微妙な色でなかなか染めるのが難しいらしい。

現在の櫨は、蠟燭につかう蠟の原料になるところからロウノキとも言われる。江戸時代では蠟燭の灯りがたよりだったから貴重なもので、各藩でも栽培を奨励した。薩摩藩、近隣の久留米、熊本、福岡黒田、四国の大洲ほか多数の藩。松江藩では「木実方」という役所が設けられて櫨蠟が管理されていたという。

現在では蠟燭を使うのはクリスマスか寺院程度になってしまったので、櫨ものんびり白布などを遊ばせて揺れている長閑さ。おかげで私たちは、紅葉の美しさを堪能することができるのだ。

南京櫨

風にもまれ南京櫨の濃きみどり饒《ゆた》けくさやぐ夏近みかも

島田修三
『露台亭夜曲』

その名の示す通り中国が原産地。英語ではChinese tallow-treeという。日本でも「南京」とつけているのだが、中国原産のものすべて「南京」とか「唐」とついているわけではないので、この木だけ特別につけているのは何故だろうかと思う。別に櫨の木があり蠟燭の蠟を取る。米沢藩などでは政策として櫨を植えさせたりした。産業と結びついていたのだ。おそらくヨーロッパでも蠟燭は必需品だったので外国産のイメージがあったのではないだろうか。

櫨だけでは足りず、南京櫨があって量産できたとか、そんな意味合いがあるかもしれない。

今では蠟など取らないので必要ではなくなったが公園や街路樹として見かけるようになった。

この歌もおそらく公共の場所だろう。櫨は小さな葉だが南京櫨はハート形。ハート形の葉が風に揉まれているのを見ると、ああもう夏も近いなあと、思わず口からこぼれる。ナンキンハゼという語感もなにやら弾んで聞こえる。爽やかさ満杯の季節だ。

石榴

とほどほし小アジアより渡り来し海石榴《ざくろ》ぞみのる枝に凝《こご》しく

玉城　徹
『石榴が二つ』

ざくろは「石榴」と書く。「海石榴」は椿のこと。この一連は長歌一首と反歌から成る。「枝にしてざくろが二つ我ひとり尊しと宣《の》る指《および》のごとく」「いささかの酒あつらへてひとときを壺のざくろにわがうち対ふ」

これについて作者の「おぼえ書き」を要約すると、小アジア方面の原語を漢字の音を借りて写したものか、「安石榴」とも

ざくろ

書くが「安」は何を意味するか分からない。「海石榴」は文字から言えばざくろのことでなければならない。「海」は海外から渡来した意。どうしてか『万葉集』に「つばき」と訓じた例が、二、三ある、という。つまり万葉集が間違っていたのじゃないかということだ。

立ち寄った酒亭にたまたま石榴が飾られていて興がわいた、さらに「石榴」「海石榴」という表記に異を唱えたい興がわいたのではないだろうか。

外国の言葉をどう発音するか、どう日本語に訳すか、当時の人の逡巡が思われる。いったいどういう経緯で渡来したのだろう。あのエキゾチックな花に当時の人々も魅了されたかもしれない。

ユーカリ

千人の恋人を持つ女神いてユーカリの梢《うれ》そよがせわたる

大滝和子

『竹とヴィーナス』

洋の東西を問わず、時空を問わず、守備範囲の広い作者。キリストもモナ・リザも、アンドロメダもジュピターも、吟遊詩人も蹴鞠も座敷童も、バスで出会ったちぢれ毛の女も。江の島の展望台から前世来世が見えてしまう作者であれば、千人の恋人のいる女神とお知り合いでも不思議はない。

山火事が発生するとユーカリは燃えやすく、広がってしまうらしい。ユーカリが持っている成分に引火性があるという。もしかしてこの女神は風を起して恋を促しているのかもしれない。山火事に合いやすいユーカリは、ちゃっかり自分は根に養分を溜めていて、火事が収まるとぬくぬくと発芽するというのだ。なかなか強《したた》かな木である。

萼と花びらがくっついていて蓋で覆ったようになっている。時期になるとその蓋が外れて花が開くと解説には書いてあったが、蓋になっているというのがどういう状態なのか、私はまだ見たことがない。写真で見ると葉（萼）の上にひらひらと白いものが漂っている。

椋

真昼間の椋《むく》の樹下《こした》のひぞり葉をひとりに踏みて楽しむごとし

大辻隆弘

『汀暮抄』

椋、と聞いて、椋鳥を思う人、椋の木を思う人がいる。杜鵑も、草花を思う人もいれば鳥を思う人もいる。

植物の杜鵑は、鳥の杜鵑の胸の当たりの模様に似た斑点があることからの命名だが、椋はどうなのか。群れる鳥、群鳥からきているとかいろいろ説はあるようだが、少なくとも「椋」という字には関係ないように思う。

むくのき

木のほうの椋の由来もあまりはっきりしない。『木の名の由来』（深津正、小林義雄）によると、実黒が転じたもの、実木《むく》、剥くなどがあるが、木工《むく》ではないかという説。木賊のように、木材を磨くのにこの樹皮を使うことからではないかと。大工の棟梁を木工頭《むくのかみ》（もくのかみとも）というように。なるほどとは思うもののどうだろう。

三重県津市には椋本という地名がある。坂上田村麻呂の家臣が椋の木の下に庵を建てたのが始めという。あくまで伝説だが樹齢一五〇〇年以上という国の天然記念物になっている椋。むろんこの木ではないだろうが、大木の下で落ち葉を踏んで一人遊びをしている作者の姿が思い浮かぶというものだ。

紅葉

雨に濡れし紅葉の木肌やさしけれ去るべきときは去らねばならぬ

来嶋靖生

『笛』

色の染まる「こうよう」ではなく、ここでは木の種類としての「モミジ」である。ヤマモミジとかタカオモミジとか。モミジは楓の異称ともいう。

「こうよう」するのは、モミジやカエデばかりではない。桜も蔦もナナカマドなども赤くなる。銀杏のように黄色くなるのもある。道の辺の草でさえ赤くなる。草紅葉という。秋になっ

もみじ

て色づく植物は多いが、もっとも美しく赤が鮮やかなのがモミジだったのだろう。

もみじ、とは「揉みず」から来ている。葉をぎゅっと絞ると色水がでる。それで布を染めるのである。揉んで色を出す、「揉みず」からモミジになった。しかし紅葉で赤い色が染まるというわけではない。

「去るべきとき」とは転居を前提にしているらしい。季節の終わり、落葉間近という意味だとは思うが、あえてそれを避けて解釈してみた。なぜなら、紅葉《こうよう》ではなく、幹に焦点が当たっているからである。モミジの木肌は少し灰色っぽく滑らか。穏やかな肌合いなのである。この穏やかさこそ、「去るべきとき」を導いていると思うのだ。

柿

柿の実の赤く色づくふるさとに父親あれば帰り来るなり

大島史洋

『ふくろう』

「ふるさと」という言葉には生まれ故郷とは別に、一つのイメージがある。

さすがにもう囲炉裏や藁葺き屋根などは見当たらないが、庭の柿の木に思い出がある人はまだいる。

父親が高齢のためにたびたび故郷に帰る。その故郷を思うとき心に浮かんでくるのは赤く色づいた柿。柿は日本中の何処でも多くの家の庭にはあって、子供のお八つになった、おいしかった。柿と両親と兄弟姉妹、悪ガキども、そして故郷はセットになって心の中にある。

柿は子供を呼び寄せるのである。

吉野弘の「夥しい数の」という詩に次のような一節がある。柿がたわわに生っているところの描写で「千手観音が手の先に千人の赤子を生んだとしたら／こんなふうかもしれないと思われる姿です／枝を撓ませている柿の実は／母親から持ち出せる限りを持ち出そうとしている子供のようです」

柿は、どことなく故郷のような母性のような、そんなイメージが日本人にはあるのかもしれない。

欅

そら耳は朝の欅のひとりごとひそとふりくるひかりの落ち葉

坂井修一

『牧神』

空耳、欅のひとり言。葉が風に揺れて音が鳴る。幽かで空耳かと思うほど、しかしひとり言と捉えたことでメルヘンのような雰囲気になった。光の落葉であって、本物の落葉とは違う。葉が落ちて来るときに光るのかもしれないが、光が落葉のように舞っていると読んだ。

欅は古くは槻木と言った。

けやき

『古事記』には次のような場面が描かれている。雄略天皇が、大きく茂った槻の木の下で新嘗祭の酒宴を開いたとき、采女の捧げていた盃に槻の葉が落ちた。とがめられた采女がとっさに歌を作った。槻の、上枝は天を覆い、中枝は東《あずま》を覆い、下枝は鄙を覆い、上の葉は中枝の葉に落ち、中の葉は下枝に落ち、その葉が盃に落ちた。その有様は、日本がうまれたとき水に浮かんだ脂をこおろこおろとかきまぜたときのようにめでたい、と。機転のきく采女であったので命が助かったということだ。

古代の人にとって、ゆったり茂った槻は酒宴にふさわしい。公園や並木道、何処にでも見られる欅だが、古《いにしえ》にそんなエピソードがあったかと思うと、何かゆかしい。

榊

祖々のしづまる墓地の榊葉に雪つむ夕べ父を埋むる

岡野弘彦

『飛天』

榊は神道には欠かせない木である。神職であった祖々の墓。そこに祖となるべき父を葬る。遠い世からの時間を感じつつ、人と神の境を分けて存在する父と我。

穢れを祓うときに使う、あるいは玉串として供える榊である。榊の語源についてはさまざまある。神と人間との境、神聖なる場と俗との境。「境の木」がなまってサカキになった、ある

さかき

いは神聖な木という意味での賢木が転じた、あるいは常緑樹なので「栄える」の意からなどなど。

『古事記』（岩波文庫・倉野憲司校註）の天の岩屋戸の段で、「天の香山の五百箇真賢木を…」とあり、この上枝に五百個の勾玉、中枝に八咫鏡、下枝に白い木綿《ゆう》・青い麻の和弊《にぎて》を提げたとある。このときは「賢木」と書いている。福永武彦の現代語訳では「榊」となっている。ちなみに何時できたのかは分からないが、「榊」は国字である。おそらく後にできた文字なのだろう。

私の家の庭にも鳥の運んできた榊がある。しかしよく観ると葉にぎざぎざがある。ヒサカキ、非榊だった。

銀杏

信仰の木として立てり乳出ぬを苦しむあまたの声を呑みつつ

大口玲子

『トリサンナイタ』（乳銀杏）

銀杏には雌木と雄木があり、銀杏《ぎんなん》が生るのは雌木。新宿の花園神社に何本かの銀杏の木があって、その一本にだけ実が生った。その一本は秋になると早々に葉を落とす。翌年、他の木がすっかり芽吹いているのに頑なに芽を出さない。枯れてしまったかと思っているころ、おもむろに芽吹き始める。実を付けるのにはエネルギーが必要で、たっぷり休眠しなければ

いちょう

もたないのだ。

雌木とは限らないが、乳房のような気根を伸ばす。それでしばしば乳銀杏などと呼ばれる。乳のでない母親が、その部分を削り取って飲むと乳の出が良くなるという迷信が伝わっている。よく見ると最近削ったのかと思える傷があったりするので、迷信とわかってはいてもつい信じたくなる母親がまだいるのだ。神仏に頼りたい思いは、科学の時代でも心の底にはある。

銀杏の可愛さは新芽。三ミリくらいの芽でも、親とそっくりの三角の銀杏の葉なのを観ると涙ぐましい。精子が鞭毛で遊泳するそうだ。受精の神秘に関係があるのかもしれない。

博打の木

生ひ茂れ　搏打の木継子の尻拭ひ地獄の釜の蓋死人花

山埜井喜美枝

『呉藍』

植物の名前には面白いというか、えげつない名前がある。お尻を拭いたら痛そうな棘のある「継子の尻拭い」。茎の下のほうから葉が出て、土の中から出ているように、あるいは土にこびりついているようにも見えるキランソウのことは「地獄の釜の蓋」という。良い匂いではないから「屁糞葛」、形が似ているからって「犬の陰囊《ふぐり》」はどうなのか、可愛い花なのに。

ばくちのき

博打の木、これは木の皮が剝がれて落ちてしまうことからの命名。博打で負けたら身ぐるみ剝がされる、そんな様子に似ているというわけだ。これは通称ではなく本名なのである。他にも木の皮が剝がれるものはいくつもあるのに。

名前からすると嫌われている花なのかもしれないが、嫌われているならもっと生い茂れとむしろ煽っているわけだ。嫌われるのを厭うなとでも言うのか。人間はついつい人に好かれようとしてしまうものだが、嫌われたっていいじゃないか、思い通りに生きろと。博打の木と名づけられたからこそ、見てみたいと思うのも不思議。

珊瑚樹

珊瑚樹のとびきり紅き秋なりきほんたうによいかと問はれてゐたり

今野寿美

『世紀末の桃』

珊瑚のような真っ赤な実がなるので珊瑚樹。とても単純明快なネーミングで、聞けば誰でもそうだ！　と思う。

秋になると真っ赤な実が生る木はたくさんあるが、一番目を引くのが珊瑚樹や七竈など。その燃えるような赤は、北国がいよいよ厳しい冬に入ろうとする切ない心模様にも思えるのだ。

「ほんたうによいか」とは何なのだろう。人生の決断だろうか、決断を迫るほどの赤さ。珊瑚樹の赤はそれほど真に迫っている。

珊瑚樹は防火の効果がある。水分が多いのだ。ネットを見ていたら日向を好むが日陰にも強い、風にも強く暴風にも防火にも便利、排気ガスにも強いので道路脇の街路樹としても相応しい。ただし実が熟れると黒くなって落下するため掃除が面倒と出ていた。なるほど美しいばかりではない。珊瑚樹は、自生はほとんどなく、人間に育てられた木である。そんなわけで次の俳句が生まれる。

・さんごじゅの挿木がつきぬめでたけれ　素十

・珊瑚樹の高くなりたる夏木かな　同

山茶花

シジュウカラの番《つがい》飛びきて山茶花の茂りのなかにいのちを隠す

吉川宏志
『鳥の見しもの』

「山茶花」と聞いて、♪さざんか　さざんか　咲いた道　たき火だ　たき火だ　落葉たき……巽聖歌のこの歌を思い出す人は何人いるだろう。焚火も霜焼けも過去のもの。焚火にいたっては犯罪にもなりかねない危険な行為になってしまった。しかしながら山茶花の垣根はゆかしくて、懐かしい思いを抱かせる。サザンカなら「茶山花」と書くのが正解ではないかと思うの

さざんか

だが、実際に昔は「さんさか」だった。それがいつの間にかサザンカになった。「あらたし」が「あたらしい」になったようなもの。

ツバキ科なので一見すると椿かなと思うが、椿より清楚な感じがするので好む人は多い。かなり品種も多い。おそらく品種改良して新しい花を咲かせたいという愛好家の熱意を誘う花なのだ。椿の花は、花首ごと落ちるので縁起が悪いと言っている人にとっても、花びらが散る山茶花なら許せる。

シジュウカラの番が山茶花の茂みに隠れてしまった。身を守るためか、鳥の営みはそっとしておきたい。

樅

葡萄酒にパン浸すとき黒々とドイツの樅は直立をせり

岡部桂一郎
『戸塚閑吟集』

ドイツの樅、と言って思い浮かべるのはシュヴァルツヴァルトの黒森。もともとシュヴァルツヴァルトというのは黒い森という意味だという。植林された森でありドイツトウヒという、樅とはやや違うらしい。

クリスマスツリーにも、樅の木が使われたりドイツトウヒが使われたりと、私たちは厳密に区別せずに接しているのが日常

もみ

だ。クリスマスに歌われる「もみの木」は、寒い冬の雪の中でも緑に茂る木への賛歌だが、ほんとうは恋の歌だったらしい。いつでも緑を湛える常緑樹は永遠のしるしのようでもあった。

シュヴァルツヴァルトは、ワインの産地ではあるかもしれないがそれほど有名なのだろうか、私はワインのことはよくわからない。シュヴァルツヴァルトのことも良くわからないが、第二次大戦後、フランスに近いこの地方は、政治的に複雑な事情があったのではないか、私はよくはわからない。したがってこの歌の理解も及ばないが、心に残る。同じ歌集に「金賢姫《キムヒョンヒ》マイクの前にうつむけば二つの国家絶壁をなす」があり、非常に似ている気がする。樅の直立、国家の絶壁が何を意味するか。

赤松

ことごとく赤松の皮むかれあり霏霏とし霙降りくる山路

佐藤通雅
『薄明の谷』

日本で常緑樹の代表といえば松ということになる。赤松、黒松、大王松、五葉松とさまざまだが、縁起のいいものとして大事にされている。常に変わらない、永遠性を喜ぶのは洋の東西を問わず、今昔を問わない。誰しもが望む思いだ。

正月の門松は黒松と赤松を使い、黒松を雄松、赤松を雌松という、と書いてある資料もあったが、大方は黒松のようだ。し

あかまつ

かも若松。常に緑を保つといっても正月にはやはり若い枝が使われる。

赤松の林には松茸が育つ。なぜ黒松ではないのだろうか。だからと言って赤松があれば何処でも育つのかと言えばそうとは限らない。あまりの老樹では無理らしい。生態系とはじつに微妙なものである。

赤松の皮が剝かれているというのはどういうことなのか。ひび割れた皮のなかに虫が棲みつくので、あえて剝がしてしまうらしい。黒松はしない、赤松だけ。

山路とあるので道沿いに、皮の剝かれた赤松が並んでいたのだろう。霏々と霰が降る、初冬の風景。

山毛欅

着地してしまいたる地に苦しむや夢みるや霧をまといて山毛欅は
渡辺松男
『歩く仏像』

山毛欅は落葉樹の代表的な木だ。「橅」と書くこともある。材として役に立たないので木偏に無と書く。失礼な話で、じつはけっして役に立たないわけではない。ミヒャエル・トーネットさんという人が考えた曲木の椅子というのがある。(『森の博物館』稲本正)山毛欅を熱して曲げた後、乾燥させれば形を保つのだという。木でありながら曲線の椅子ができるというわけ。頭は使いよう、工夫次第。

使い道がないと書いたが、逆に「木で無い木」と言われるくらい有りすぎて、いってみれば使い捨て状態で、大事にはされなかったこともある。

荒れ地にはまず松や樺が生え、やがて柳や榛の木、そして楢や栗が育った後、ようやく育つのが山毛欅で、森のアンカーだという。（同前）

山毛欅の林を歩くのはほんとに気持ちがいい。山毛欅の種が風に乗ってどこに着地するのか。育つのに相応しい土地なのか苦しい土地なのか。風任せの種はどこまで自分の意思で着地を選べるのか。

檳榔樹

ひとり来てこころいくたび癒せしか海風うくる青き檳榔樹《びらうじゅ》

伊藤一彦

『青の風土記』

・檳榔樹の古樹を想へその葉陰海見て石に似る男をも　牧水

これは宮崎県青島の歌碑になっている歌である。

檳榔樹は熱帯地方の植物で、日本では珍しい。また檳榔樹の他にビンロウという木もあるらしく、私には区別がつかない。檳榔樹はヤシ科で、つまり椰子の木を想像してみればいい。宮崎に行ったことはあるが、ワシントンヤシばかり目について檳榔樹はわからなかった。

檳榔子と言われる実は、染色や薬にも使ったという。古くから日本に入っていたらしい。

宮崎の人にとっては懐かしく、故郷の木という思いがあるのだろうか。牧水も帰郷した際に心を休めたにちがいない。牧水は故郷に帰っても長男としてなかなか苦しい立場だったようで「石に似る男」という自画像が何を暗示しているのか。

牧水も心を癒したかもしれないし、伊藤氏も牧水のそばで、牧水を想って檳榔樹を見たとき、癒されていたのだろうことは推測される。

檜

父性とはたとへば霏々と山に降る雪のあはひに立つ檜《ひ》の一樹

松平盟子

『帆を張る父のやうに』

宮大工の西岡常一さんは『木のいのち木のこころ』の中で檜について熱く語っている。

『日本書紀』に「宮殿建築には檜を使え」と書いてある。したがって法隆寺や薬師寺は檜で出来ている。合わせて、杉と楠は船を、槙は柩を作れと書いてある。つまりその時代から日本人は木の性質を正しく理解していたと。

ひのき

新しい材料のときは釘も軽く打てるが、時間が経ってくると木が固くなり釘が抜けなくなる。檜はそれだけ強いのだという。だからこそ法隆寺が千年もびくともしないのだ。木造建築が千年以上保っているのは世界でも珍しい。木が、思ったより強いことに驚くばかりだ。木の命は二つあって、その一つは樹木としての樹齢、もう一つは用材となってからの年数。つまり建物になってからの年月。千年あまり地にあって、さらに千年余りを材として生きる。

それだけ檜は、尊い木なのである。それが父性にも通じるのではないか。霏々とふる雪の中に、凜と立っている檜に、あこがれの粋を見た。

柊

この家の誰より古き伝説となりて渇きぬ柊一樹

佐伯裕子
『未完の手紙』

柊と言えば節分。節分の習慣として柊の枝に鰯の頭を刺す。柊の棘で襲ってくる鬼の眼を射るという。ひりひり痛む、ずきずきするという意味の「疼く」という言葉がある。「疼木」と書いてヒイラギと読む。また冬に花が咲くので「柊」と書く。（『植物はすごい』田中修）

私は「柊」しか知らなかったが、たしかに広辞苑には両方の

ひいらぎ

字が載っている。

多くの棘のある植物は身を守るため、動物に食べられないようにという理由である。

柊には棘のない種類もあるようだが、それは別にしても古木になると棘がなくなる。柊でさえ古老になると丸くなるのだ。大木になって、もう動物に食べられる心配がなくなるので防備しなくてよくなる。木の梢のほうで棘がなくなることもあるのは同じ理由。

この家で誰より古いというのだから、この柊も古木なのだろう。すると特徴的なあの葉も、きっと丸みをおびている。伝説だから、家族の歴史を伝えるようなエピソードを秘めているかもしれない。

トネリコ

粉雪なしこぼれくる花トネリコに朝の風の吹きわたるとき

玉井清弘
『麴塵』

地球に人類が生まれるずうーっと前に、梢が天まで届き、地下深く根を張った大きな木があった。木の内部には宇宙が内蔵されていてここから生命が生まれた、これが世界樹と呼ばれるもの。生と死の循環がここにはあり、再生のエネルギーに満ちている。

その木が、ユッグドラシルと呼ばれるトネリコの木なのだぞ

とねりこ

うだ（「世界樹木神話」ジャック・ブロス著、藤井史郎、藤田尊潮、善本孝訳）。三本の根があり一本は神々の地下世界に、二本目は人間より古い氷の巨人の世界へ、三本目が死者の国に届いている。あらゆる生命を生む水は死者の世界を水源にしている。

北欧の神話やギリシャ神話、地方によって多少の違いはあるようだが、トネリコは神秘の木、聖なる木とされている。そんな謂れがあるからか、魔女の箒の柄はトネリコなのだという。

この歌の通り、見たところ長閑な風景を思い浮かべ、それほど異様な感じもしない普通の木だが、西洋ではそんな神話があったのかと驚くばかりである。

橙

幼年は花盛りゆえ橙の　黄金灯りて頭上を照らす

福島泰樹
『空襲ノ歌』

桃や李の花は美しいが、松や柏の年中緑を変えないのには及ばない。梨や杏はおいしいが「橙黄橘緑」、つまり橙や蜜柑の香気の芳しさには及ばないと、『菜根譚』に書いてある。『菜根譚』は人生訓だから植物は譬えに使われているわけだが、こんなところに橙が出てこようとは。

最近は蜜柑の種類が驚くほど出回っているのに、橙は地味な存在になっている。

　橙は、柑橘といってもそのまま食べることはなく、ポン酢などにすることが多い。多くは正月飾りに使われる、注連縄の元に、あるいは鏡餅の上に。

　橙は、代々に通じる。完熟した実を採らないでおくと、普通の蜜柑なら腐って落ちてしまうが、橙は翌年また緑色になり秋に橙色になる、これが数年続くらしい。そんなことから代々繁栄する縁起物として正月に使われる。

　この歌は「代々」を言っているわけではないが、幼年を意識した時、ずっと繋がってきた家系、家系ばかりではなく命を意識したのではないか。あるいは仏法を意味しているのかもしれない。

梅

瓶にして今朝咲きいづる白梅の一りんの花一語のごとし

安立スハル
『この梅生ずべし』以後

『花の履歴書』（湯浅浩史）に、梅は奈良時代以前に遣隋使か遣唐使が持ち帰ったらしいとある。長崎県平戸の梅崎が最初の栽培地だという口伝がある。それがたちまち広がったということか。「枕草子」に花の咲く木では梅がいいと書いてある。清少納言は紅梅が好きらしいが、紅梅は桃に近いし、私は白梅のほうが清楚で好き。

うめ

・寒梅や痛きばかりに月冴えて　草城

梅は寒い頃に咲きはじめて、ときによると雪の中で開いているのを見ると涙ぐましい気にもなる。痛いほど月が冴えている下でも寒梅は咲いているのだ。

原産地は中国で、日本に入ってきてたちまちに広まったということは日本人にとって好ましいものであったのだ。桜はアメリカで愛でられているが、梅についてはどうだったのだろう。

瓶に挿した白梅の一輪が咲いた。蕾のうちに挿しておいたものか。一つ開いた花は一つの言葉を発しているかのような風情。一語ぽつんと何か言った、何と言ったかわからないが意味深い一語に違いない。

椴松

寒の気をまとへる椴の秀のひかり光の種子は地の底にある

時田則雄

『石の歳月』

「椴」を辞書でひいたら、①白楊（はこやなぎ）に似た木の名。②木槿。落葉低木の一種。③とど。とどまつ。と書いてあった。同じ字でもまったく違う。落葉樹と常緑樹、正反対を指すとはどういうことか。

椴松は北海道にしかない。建材などにも使われるらしいが、北海道には杉がないそうで、椴が代わりになる。松の代わりに

とどまつ

門松などにも使われるらしい。

・荒霧のまつはる椴に斧初め　　耕村

歳時記を見ていたらこのような句に出会った。椴松に斧を入れるような仕事をしている人なのだろうか。厳冬に伐採するのか、そのあたりも私はわからないが。

椴松は、木材内部に水食いと呼ばれる現象があり、冬の寒さで凍結し、凍裂してしまうことがあるらしい。厳しい環境に立つ木なのである。自然は、動物にも厳しいが植物にも厳しい。

寒気を纏っている椴松の梢は光っている。しかしその輝きは地面の下に光となるべき命があるのだという。世界樹のような構図である。

三椏

三椏も沈丁も恋ほし離れ住めるわれにも春や香に立ちて来ぬ

大滝貞一

『白花幽』

木の多くは、対生や互生だったりはするが枝が左右二分かれしながら伸びていく。しかし三椏は文字通り三つに分かれているので、すぐわかる。

春に先駆けてほわっとした、薄い黄色の、沈丁花のような花が咲く。なるほどジンチョウゲ科である。また中国では結香とか黄瑞香という、香りを中心においた命名だが、私はとりたて

みつまた

て香りを意識することはなかった。

この歌は、三椏の香りも意識している。三椏も沈丁花も恋しいという。北京在勤のときの歌で、離れて住む家族も日本の春をも懐かしんでいる。

あまり目立つ花でもないし、庭の中央に植えられる花でもない、しかし何となくゆかしさに魅かれる。

三椏は楮と同様、和紙の材料になる。かつてJR王子駅前に紙の博物館があり、門のあたりに楮も三椏も植えてあった。見学に来た子供たちに原料のさらにもとになる木を見せようとしたのだ。一本の木から、どうやって和紙が作られるか。製品と原料とを結びつけるのはなかなか容易ではない。

山茱萸

かなしみは去年とおほよそ異りて山茱萸のさくときめぐり来ぬ

石川不二子

『牧歌』

サンシュウと発音してしまいがちだが、サンシュユである。中国の読み方をそのまま使った。

宮崎県の民謡「ひえつき節」の冒頭に「庭のさんしゅうの木〜」と出てきて、山茱萸かと思ったのだが、山椒が訛っただけらしい。平家伝説の哀しい恋物語。平家の落人を追ってきた源氏の武士と、清盛の末娘との恋の話で、庭の山椒の木に鈴をつけて鳴らすのを合図に逢瀬を重ねたという。

山茱萸はまだ寒い頃から花が咲き春の到来を告げてくれる。秋には真っ赤な実が生り、秋珊瑚とも呼ばれている。落人の娘と、追ってきた武士の秘めたる恋には、刺のある山椒より、山茱萸のほうが合っているような気もする。薬酒も作るし漢方薬にもなる。ひっそり暮らす落人の里にはこちらの方がふさわしいような。

何の悲しみか。哀しみが昨年ともあるいは過去のどれとも違っていても、また春はくる。寒さから抜け出してようやく温かくなる。人生にとっても、悲しみを抜けたさきには温もりがある。

木の芽

草萌えろ、木の芽も萌えろ、すんすんと春あけぼのの擪羅のさやけさ

前　登志夫

『樹下集』

春。草の芽も木々の芽もいっせいに息を吹き返す。植物のエネルギーを感じる時だ。「山眠る」とは誰が言ったのか、眠っていた山野がむくっと起きあがる。そして「山笑う」のである。

前登志夫は吉野の山中にいて、体中にそのエネルギーを感じ取っていたはずだ。都会だって春の息吹を感じるよと言うかもしれないが、断然違う。自然の中に身をおいてこその実感だ。

きのめ

「正法眼蔵」の「山水経」では、山水は仏の悟った境地だと言っている。山は山、水は水そのものとして在る。自然とは、ネイチャーだけではなく、「じねん」と読むときの、あるがままの存在とでもいうか。

季節がくれば芽吹く、木々が萌えるのは自然の成り行き。摩羅のさやけさも自然のなりゆき。人間だって自然なのだから。山椒や楤などは新芽を天敵人間に採られてしまう。しかしめげない。また次の芽を送り出す、人間に取られる、次を出す、けっして取り尽くされないのだ。

柳

水は今春を喜ぶ　鮮《あざや》けく芽吹く柳の下を流れて

三井　修
『アステカの王』

「遊行柳」という能がある。遊行上人が白河の関を越えたころ一人の老人が現れ、旧街道にある「朽ち木の柳」に案内する。西行が「道の辺に清水流るる柳陰しばしとてこそ立ちどまりつれ」と詠んだ。

芭蕉は「田一枚植ゑて立ち去る柳かな」と詠む。

現在でも東北線黒田原駅から五キロくらいのところに遊行柳

やなぎ

は立っている。写真で見ると何やらゆかしいので行ってみたいと思っているのだが。

急に現実的な話になるが、『花と昆虫、不思議なだましあい発見記』（田中肇）はなかなか面白い。植物は昆虫を利用したり、知恵をしぼり工夫を凝らして、何とか子孫を残そうとしている。

例えばヤチヤナギ、あまり高木にならない。その代わり根がしっかりと張り、大木が枝を広げたくらいになる。また弱い風だと花粉が遠くまで飛ばないので、強い風が来るまで待つ。雌花も、小さいが細長く真っ赤な雌蕊を出して待っているのだそうだ。

柳も芽吹いてうれしいが水もうれしいのだ、春は。

楷

楷《かい》の木の下枝くぐるに木魂《こだま》とはえも言へぬ力を与へてくれる

外塚　喬

『真水』

楷の木は、中国の古代に科挙の合格者に送られる笏が作られたこともあって学問のシンボルのようになっている。孔子が亡くなった時、弟子の子貢が植えたという。

日本では、一九一五年（大正四年）孔子廟の楷の木の種を持ち帰り、育てたのが始まり。そして学問の場である栃木の足利学校、岡山の閑谷学校、東京の湯島聖堂、佐賀の多久聖廟に植えられた。そう古いことではない。

　楷の木は、直角に枝が伸びることから楷書のようだというので名づけられたというが、私は足利学校、閑谷学校、湯島聖堂の楷の木を見たが直角には見えなかった。他の資料によると直角とは書いていなかった。端正な形から楷書を連想したともいう。確かにいずれも気品のある姿だった。

　そんな木だからか、木魂にも力があり何とも言えない力を与えてくれるのだ。歌集の一連の中から推測すると湯島聖堂ののもののようだ。

栃

栃の葉のさやぐを見ればわが上を過ぎし時間の濃淡思ふ

栗木京子
『綺羅』

栃と、西洋栃の木とはやや違うが、ヨーロッパでは西洋栃の木が心のよりどころ。マロニエという。「マロニエの並木路」といえば戦後に大ヒットした歌、あこがれの樹である。フランスかぶれの永井荷風は、詩を読んだのも、詩聖の像をたずねて跪いたのも、車を待つのも、往き来の人を眺めるのも、うれしい出会いも、みんなこの木の下だったという。なんとロマンテイックなことか。

西洋栃の木は華やかだが、比べると日本の栃はずっと地味で、どっしりとした父親のような存在である。
・仰ぎ見る樹齢いくばくぞ栃の花　久女
目にする栃は大木が多く、実が生る。柿などと同じく一年おきくらいに生り年とそうでない年がある。秩父の三峰に行ったとき栃餅を食べたことがある。普通の餅より粘りがなく、素朴なものだった。栃の実を栗鼠と分け合うのも愉しい。

人は大木に出会った時、ふと人生を振り返るもの。素直になれる。木の神秘さはそんなところにある。

とちのき

菩提樹

菩提樹《リンデンバウム》老樹差し交ふ並木みち下影踏みてワルシャワに入る

宮　英子

『青銀色』

水上勉の『樹下逍遙』の中に「村の菩提樹」の一文がある。福井県大飯町の菩提樹は枯れてしまったようだが、当時これは日本第二の大きさで一位は愛媛県伊予郡の盛景寺のもの。建長六年（一二五四）法燈国師が宋より持ち帰って植えたという。樹齢七〇〇年、こちらはネットで調べたかぎり健在のようだ。水上勉さんが日本一と賞賛していると解説にある。

ぼだいじゅ

初めに福岡に伝わりそれが全国に広がった菩提樹。仏教にとって大事な木である。水上勉が中国に行ったさい、日本の僧が持ってきた杉の木がしっかり育っているのを見たらしい。こうして木が行き交う文化、あるいはそれを伝える歴史を疎かにしてはならない。

しかしこの歌はセイヨウシナノキ、リンデンバウムである。同歌集に「馴染みなき東欧ポーランド街なみに街路樹菩提樹《リンデンバウム》見あぐるばかり」もある。

ショパンの生家近くではあるが、シューベルトの「泉に添いてしげる菩提樹」という曲を思い出しているかもしれない。

ピッパラ

ピッパラの葉ずれすずしい須弥山に膝曲げ伸ばす仏の体操

高柳蕗子

『回文兄弟』

中勘助の『菩提樹の蔭』。インドの彫刻師の娘と弟子との恋。菩提樹の木の下で楽しく語らっている二人だったが、娘が急死して、悲しんだ弟子が、その娘そっくりの像を彫り、神に頼んで命を吹き込んでもらう。そこでまた復活するのだが、いろいろあって哀しい経路をたどる。その後偶然めぐりあった捨て子を育てているとかつての恋人に似てくる。かつて二人は子供が出来たらピッパラヤーナと名付けようと菩提樹の下で話し合っていたのを思い出してその名を付けたという話。結果は悲劇に終わるが、そのピッパラヤーナ。

ピッパラヤーナとは釈迦の十大弟子の一人、迦葉のこと。母がピッパラの木の下で休んでいた時天衣が舞い降りて生まれたので名付けられた、不思議な話だけれど。

そんなわけでピッパラとはインドボダイジュのこと。須弥山とは古代インドの世界観のなかで聖なる山というか、聖なる最高峰というところか。そんなところで膝を曲げ伸ばすと急に俗っぽくなるが、ようするにヨーガ。瑜伽《ゆが》はもともとは瞑想など、仏教行事なのだ。

ハンカチの木

ふたりして触れしそののち忘れえずひとり見にゆくハンカチの花

江戸　雪

『昼の夢の終わり』

最近はところどころで見かけるようになったが、花が咲くのに十五年以上かかるとかで、まだまだ珍しい木である。植物園のようなところに行かないとなかなか見られない。しかも花季が短い、せいぜい一週間くらいか。

私の卒業した中学校にあるので、季節にはその道を通ることにしている。犬を連れた人が見上げていたりする。

はんかちのき

白い苞葉と呼ばれるものがハンカチに見えることから名付けられたが、いまどき白いハンカチって冠婚葬祭用くらいか。ほかに「鳩の木」「幽霊の木」「ゴーストツリー」という名前もあるらしいが、いちおうハンカチの木が正式名称。たぶんご年配の方が付けたのだろう。

苞葉なので正しくは花ではない。でも水芭蕉なども同じだ。やや大きさの違う苞葉二枚で構成されている。紫外線を吸収して花を守る役目をしているらしい。花は真ん中のこちゃこちゃとした部分。

珍しい木だから二人で触って楽しんだのち、もう一回みたいと別の日に見に行く。それほど気を引かれる花なのである。

藤

なほながきいのちぞ欲しき藤浪のゆれてかぎりなき花のむらさき

上田三四二

『湧井』

埼玉県春日部市牛島の藤。樹齢一二〇〇年。藤棚の大きさ七〇〇平方メートルと表示がある。とにかく凄い。

ここにある伝説。ある農家の娘が長い病気に苦しんでいたところ、旅の僧が生垣の中にある藤が苦しんでいるので寺に移植せよと言う。その通りにするとたちまち快癒したという。その寺の跡がこの藤花園である。

ふじ

もう一つ栃木県の大中寺の藤。大中寺は上田秋成の『雨月物語』の中の「青頭巾」で知られているが、七不思議の一つ、根なしの藤である。死んだ稚児を食べて鬼と化した住職を旅の僧が打ち据えた藤の杖、その杖を土に挿したところ根付いた。高僧が、杖や箸を立てた所から根が生える伝説はいくらもあるので取り立ててここが不思議ということではなく、根付いて大木になり、今は根が無いというのが不思議。見に行ったが、確かに根が見つからないのに花は咲いていた。

病を得た作者にとって長い命が欲しいのは切実。藤の限りない連なりが永遠を思い起こさせる。藤波は妖しさを持つゆえに美しい。

白雲木

白雲木の花の離《か》りたるあとどころまざまざとあり見上げて立てば

花山多佳子

『木香薔薇』

最近でこそあちこちで見られるようになった白雲木。鎌倉浄智寺では季節になると「白雲木咲き始めました」という木の札が下がっていたものだ。今でもそうだろうか。それだけ白雲木が珍しかったし、浄智寺の自慢だったということでもある。

エゴノキ科で、白い花が房になって咲く。漢名は玉鈴花という。確かに巫女さんが持つ神楽鈴に似ている。神楽鈴をさかさにしたような形である。
吉野秀雄の『寒蟬集』に「白雲木《はくうんぼく》の豊《ゆた》の葉ごもり立つ花を玉鈴花《ぎょくれいくわ》とは名づけそめしか」「白雲木の梢《こずゑ》こぼるる白花《しろはな》を下枝《しづえ》の闊《ひろ》葉《は》載せてひそけし」があり玉鈴花として歌っている。「幽石軒前庭」とあるので建長寺だろうか。

建長寺には何度か行ったが、白雲木があったのかどうか気付かなかった。ちなみに白雲庵という。

その花の散った後の、何かさむざむとした虚ろな空間を捉えた。咲いている花ではなく、その後の有りように眼がいくことはなかなかないものだ。空虚かもしれないが、在った証でもある。無かったのとはまったく違う。

ジャカランダ

国遠くモンテンルパに陽は落ちてのち六〇年ジャカランダの花

谷岡亜紀

『闇市』

ジャカランダの日本名は紫雲木。

ネットによるとアフリカンチューリップ（火焔木）、ポインシアナ（鳳凰木）と共に世界三大花木と呼ばれているという。

ちょっと待て、誰がそう言うのか。

たしかに写真で見ると紫色の雲がたなびいているようではある。写真ではほとんど葉は見られず木全体が紫、しかも大木ば

じゃからんだ

かりである。

日本でも九州あたりでは珍しくはないらしいが私は見たことがない。熱海の街路樹にあるというので見に行ったが貧弱なものだった。一九六四年ボリビアから持ってきたのが最初だというのだから、ついこの間のこと。馴染がないのもしかたがない。

モンテンルパはフィリピンの都市。「あゝ、モンテンルパの夜は更けて」という歌、私も良くは知らない。日本人収容所の死刑囚が作詞をしたのだと聞いた。

今は観光地になっているだろう、そしてジャカランダが綺麗に咲いているのだろう。戦争のさなかにも、咲いていたのだろうか。

火焔樹

火焔樹のあかき紅き花人の子を抱くとき胸のざわざわとせり

松村由利子

『大女伝説』

アフリカ原産でオーストラリアなどに分布しているということで、私は見たことがない。写真で見ると木全体が炎のような朱色で染まっている。

ジャカランダ、鳳凰木とともに三大花木と言われているが、国によっては鳳凰木のことを火焔木と言ったりするらしいので、ややこしい。

かえんじゅ

炎は命の色でもあるのか。人の子を抱くときの胸のざわつきは何なのか。ただに赤いのではなく火焔なのである。「あかき紅き」この上なく紅い命。

力強く華やかでエネルギッシュな花だが、それだけに困りものでもある。強すぎる生命力で、国際自然保護連合（IUCN）の侵略的外来種ワースト100に入っている。要注意外来生物と書いてある。日本では沖縄にあるくらいで、ほとんど野生化してはいないらしい。しかし温暖化などでいずれ本州に「侵略」してくるのは間違いない。

美しい花には毒があると昔から言われているが、美しすぎる花は侵略すると言い換えねばならないか。

泰山木

白壺を割りたるように開ききり泰山木厚きかけらを落とす

梅内美華子

『火太郎』

泰山木の名前の由来はさまざまあるらしい。『木の名の由来』によれば、もともとは大山木と書いたものを、園芸家の松崎直枝が「義は泰山よりも重し」という言葉に因んで呼んだことによるという。泰山は中国の霊峰。

また牧野富太郎は、大盞木であるという。盞はさかずきのこと。花が開いたとき、大きな盃のように見えるところから。

たいさんぼく

この歌はいずれでもなく、しかし盃にやや近く、壺が割れたようだと言っている。花びらが落ちたことで、陶片を連想したのだ。白磁の壺のようなぽってりとした美しい器が思い浮かぶ。

泰山木は花も葉も、堂々としていて仏教の聖地としての泰山を連想させる重々しさがある。

岡麓の「むかし人気《びと》の養生《やしなひ》といひにけり泰山木の花のまひらき」を例にして、梔子のように咲きそうで咲かない花やおちょぼ口のような侘助とは違って、精一杯開いた姿が雄々しくて清々しいと言われる。なるほどなるほど、である。

おがたま

思ひ出づる旧きよきこと語りあふをがたまの花匂ふ夕ぐれ

北沢郁子

『桑繭』

神戸市の関帝廟で見たことがある。派手な花ではないが、とてもいい香りがして、とはいえ日本の香りとは違う。もっと濃厚な厚ぼったい香りである。家の中では多少うるさいかもしれないが、野外だと程よいか。

思い出す古いこととは何だろう。オガタマの香りのなか、しかも夕方である。甘やかなかつての恋バナでもあろうか。

おがたまのき

鎌倉宮の小賀玉の木は市の天然記念物になっている。明治二年、護良親王を偲んで建てられた鎌倉宮の創建時に植えられたものという。記念に何の木を植えるか。あえてオガタマノキを植えたのはなぜだろう。調べてもわからなかったが、こういうとき何を託すのか。

オガタマノキは黄心樹、招霊、小賀玉木などと書くことがある。あの天岩戸の前で踊った天宇受売命が手に持っていたのがオガタマノキの枝だったという。それが後に神楽鈴になったといわれる。

ネットを見ていたら帝揚羽《みかどあげは》の食樹とあった。やはり何やら尊い木なのである。

樟

クスノキが風に吹かれて揺れているここで待ち合わせをしたくなる
土岐友浩
『Bootleg』

樟と言えばまず樟脳を思い出す。虫よけである。「薬師木《クスシキ》」だったという説もあるくらい。防虫剤ばかりではなくカンフル剤も樟脳なのだという。ただし若い木には樟脳の成分は含まれていない。樹齢六〇年くらいにならないと成分が役に立つまでにならないのだそうだ。

大木のわりには葉が小さく、巡りには柔らかな風が吹く。そ

くすのき

の風のなんとも気持ちのいいこと、虫を寄せない薬効もありそう。そんなものだから、待ち合わせするならここだ、と決める、恋人が居ても居なくても。

樟の巨木は日本中にあるが、私が感嘆したのは山口県の川棚の樟。クスの森という。遠くからクスの森が見えて、近づいてみると、森とはいうが一本だったのだ。それほど上にも横にも枝を広げて、悠々と堂々と亭々と、まさに王者の風格。圧倒されながらも威圧的ではなく親和的で、鷹揚な姿だった。もし生まれ変わることがあったら私は樟に生まれたい。

・大楠の枝から枝へ青あらし　山頭火

山頭火はここ川棚で終焉を迎えたかった。

オヒルギ

オヒルギの花ぼとぼとと落ちる午後　無言の川をカヤックで行く

俵　万智

『オレがマリオ』

西表島にサキシマスオウを見に行ったことがある。海の干満によって行けない時もあるが幸い満潮だった。

仲間川の奥に堂々と立っていて、驚くほど大きな根だった。板根という、根元に立つと屏風のように巡りが塞がれる。私の背丈より大きい根。

このあたりの木々は、マングローブという。満潮になると根

おひるぎ

元が隠れ、干潮になると根が水上に出て呼吸するのだそうだ。当然塩分も一緒に吸い上げてしまうのだが、葉にそれを集めて一枚落とすことで塩分を捨てている。生き残る知恵の塊だ。

板のような根もあれば、膝を曲げたような根もある。膝根という。ヒルギだが、私にはメヒルギもヤエヤマヒルギも区別が付かなかった。花も見なかった。季節が違っているのだろう。メヒルギは黄緑色、ヤエヤマヒルギは薄い黄色、オヒルギは、赤い花が咲くらしいが。

オヒルギの花が落ちる音だけが聞こえる川。マングローブの川は独特なので、カヤックで行くのはどれほど気持ちがいいか。

ぽろぽろの木

わが森にぽろぽろの木をもたらしし鳥の行動圏を想ふは怡し

築地正子

『みどりなりけり』

植物図鑑には、ぽろぽろではなく、ボロボロノキと出ていた。落葉のときに小さい枝がいっしょに、ぼろぼろと落ちてしまうのでそう名付けられたという。これが正式名称らしい。しかし英語ではjasminodora、ジャスミンの香りのある、という意味で何やら優雅。どうも日本の植物学者は面白がりの人が多い。たとえばオノオレ、つまり斧が折れるほど固い木。ウシコロシは二つあって、カマツカとクロツバラのこと。こちらも学名ではないにしろ、植物図鑑に載っている名前なのである。この枝で牛の鼻を括ったとか、ほんとうに牛を殺すのに使ったとか、ハンマーの柄に使ったとか。とにかく固い木であるらしい。

ヘビノボラズという木もある。棘があって蛇も登れないという。別名トリトマラズ。何というストレートなネーミングか。面白がっているのか、何処か地方でそう呼んでいたのが広がったのか。

ボロボロの木を、あろうことか、この私の庭に運んでくるなんて、どういうこと？　と言いつつ楽しんでいる。

楡

毒舌のおとろえ知らぬ妹のすっとんきょうな寝姿よ　楡

東　直子

『春原さんのリコーダー』

丸谷才一の『樹影譚』のなかに、楡の木の影の出てくるシーンがあって、不思議な主人公が「木の影、木の影、木の影」と三度叫ぶところがある。この小説は難しくてわかり難いのだが、とにかく樹そのものより木の影が主体なのだ。何度か「木の影、木の影、木の影」という台詞が出てくる。ほかのシーンでは欅影だったりするのだが、読み直してみると最後は「キノカゲ、

にれ

キノカゲ、キノカゲ」とカタカナ表記になっていて、とにかく不思議な世界。

しかし何となくわかるのは木の影、影というものが持っている不思議さ。丸谷は「光が樹木にさへぎられて壁に作る黒ずんだ意匠がいい」と言っている。陰影の妙ということだろうか。

この歌はまったくそんな不思議さ妖しさがあるわけではないのだが、すっとんきょうな寝姿であったり毒舌であったり何か異界のような感覚がある。一字空けて楡があるのは、前半を比喩とも読めるし、楡の陰ですっとんきょうな姿で寝ているともとれる。

デイゴ

たましひが集ひて紅く灯るさまデイゴの美《は》しき春の宮古島

大松達知

『スクールナイト』

デイゴと言えば沖縄の県花。県民投票で選ばれたというのだから愛されているのだ。デイゴが見事に咲く年は台風の当たり年と言われていると聞いた。それなら敬遠されそうだが、それでも愛されている。さらに家の近くに植えてあると根が張って家が傾いてしまうとも言う。それでも人気がある。たしかに燃えるような赤い花は元気がもらえるような気がする。

でいご

沖縄と言えばやはり戦禍の事が思い出される。坪内稔典氏の選著『一億人のための辞世の句』の中には次のような句があった。

・黒潮へ散骨でよし海紅豆　　緒方　輝
・花梯梧《はなでいご》日暮れは空の真青なり　　中村阪子

デイゴは梯梧、海紅豆ともいう。「黒潮」の句のコメントには「特攻隊生き残りのわたし」と書いてあった。「花梯梧」の句には、「私の一生もこうありたい」と。

抄出の歌の「たましい」は、必ずしも沖縄戦で犠牲になった方たちだけではなく、沖縄に生きる人たちのたましいでもある。

椨

千の蟬のいのちかかりしたぶの樹と沈黙感をもちてむきあふ

日高堯子
『野の扉』

椨の木は、クスノキ科とはいうものの、樟ほど親しみがない。「霊の木」つまり「たまのき」からきていて霊木である。半面イヌグスとも呼ばれる。「イヌ」とは多く蔑称である。

水上勉の『飢餓海峡』に「風間浦のたもの木」が出てくるが、下北半島では珍しいのではないかと「週刊日本の樹木」には書いてあった。

たぶのき

もう一か所出てくる奥丹波のほうは珍しくない。私は天橋立の上からバスでさらに上った成相寺の椨の木を見たことがある。遠目にはずんぐりした木だったが、近くに行ってみるとなかなか風格があった。

抄出の歌と季節が違っていたので蟬の声は聞こえなかったが、沈黙ではあった。そうであればこちらも沈黙で対峙するしかない。天橋立は観光客で騒々しかったが成相寺まで来る人は少なく、森閑としていた。

大木との対話は無言である。たとえ蟬の声が激しかったとしても、その騒々しさを受容している木は寡黙であるから。

月桂樹

父も、その父も近眼鏡かけゐし記憶くらぐらとして月桂樹

塚本邦雄
『日本人靈歌』

中国の民話で、月には木があると信じられていて、月桂という字があてられた。（『木の日本史』）それで月桂樹という。しかし私が知っているのはローリエ。乾かした葉はいい香りがするのでしばしば料理に使う。もうひとつ思い起こすのは、勝者の頭を飾る月桂樹の冠である。

愛の神エロスは、アポロンには恋する矢を射て、相手である

げっけいじゅ

河の神の娘ダフネには拒絶する矢を射る。アポロンの愛を受け入れないダフネは、父に姿を変えてくれと懇願する。そして月桂樹に変わってしまう。それを悲しんだアポロンが、それなら「私の聖樹になってほしい」と言うと、頭に月桂樹の葉が落ちて来た。その葉で冠を作って永遠の愛を誓うという、ざっといえばそんなギリシャ神話。月桂冠は知識をたたえるものでもあった。イタリアでは大学を卒業するとき月桂冠を被る習慣がある。文化芸術知識の象徴でもある。

商人の家系である父もその父、つまり祖父も近視だった。それに繋がる自分も。近視が悪いわけではないが月桂樹とは遠い存在に思えるのかもしれない。

バルサ

バルサの木ゆふべに抱きて帰らむに見知らぬ色の空におびゆる

小池　光

『バルサの翼』

バルサの木というのは『原色樹木大圖鑑』には載っていなかった。ネットで調べるとアオイ科だという。観賞したり愛でたりする木ではなく、模型飛行機を作る時の用材として私たちは知っている。この歌でも抱きて帰ると言っているので用材を抱えている、模型飛行機を作っていたのだろうか。私の子どもの頃、兄たちが作っていた模型飛行機、あれがバルサだったのだ。

ばるさ

模型飛行機の材料としてこれほど優秀なものはない。軽い。模型飛行機は、遠くに飛ばす、あるいは滞空時間を長くするためには軽くなければならない。一九三〇年ごろから使われるようになったが、革命的なものだったらしい。バルサを使った飛行機はそれまでの二倍もの記録を出してしまった。それ以来多くの人が使うようになったというわけだ。木材はどれも軽いものだと思うが、その中でもダントツに軽い。古代にはポリネシアからノルウェーまでバルサの船（筏）で渡来した、これを実証実験したという。軽いだけではなく丈夫。模型飛行機などという工作に使うだけでないことに驚くばかりだ。

くろがねもち

憩はむとおもふくろがねもちの木の蔭まで百歩　百歩だよ足

竹山　広

『射禱』

蟬などを摑まえる時の鳥黐を作ったので、黐の木と呼ばれるようになった。昔の子どもは年長者から作り方を習って代々伝えていったものだった。多くは男の子が作り、年少の女の子は分けてもらっていたので、私は作り方を知らない。けっこう手間がかかるが、かつての子どもはそんな手間を惜しむことはなく、むしろ楽しんだ。遊びは道具を作るところから始まる。

くろがねもち

家には鳥の運んできたネズミモチがあったが、あまりに大きくなるし葉が茂るので困った。ネズミモチの実は黒くて、冷え性だったか何かの薬になるというので集めて漬けてみたがまずくて飲めなかった。

人は、木にいろいろお世話になっているのである。

体力の衰えた人は、何とか、鞣の木まで行って木蔭で休みたい、あと百歩だよと自分の足を励まして。目にする多くの鞣の木は大木で、葉も茂るので休むのにちょうどいい。木まで、ではなく木の蔭までといっているところは切実だ。こうして人々は木々の、あるいは木々の蔭にお世話になっているのである。

無患子

無患子《むくろじ》の大樹の下に口あけて見あげいる老のあご鬚そよろ

加藤克巳

『月は皎く砕けて』

私の見た無患子は、寺の境内に二本並んで立っていて、親子だと言われたが、どっちも老年で同年に見えた。すっくと立っているほうが親で、やや傾いて反っているのが子ども。どちらも葉が落ちて実だけがぶら下がっていた。

この実にはサポニンが含まれていて石鹼の代用になるというが、実際に使ったこともないし、使っているのを見たことがな

むくろじ

い。かなり古い時代のことなのだろうか。

有用といえば正月の遊び、羽根つきの羽根の、下の黒い玉、これが無患子の実である。

実を拾ってくるとアラジンの魔法のランプみたいな形で小さな蓋が付いているように見える。乾いてくるとやや透き通って中の種が見える。その種を羽根つきの玉にするのである。

無患子の下で口を空けて見あげている老人の鬚、この老人は自画像なのかあるいは他者か。老樹と老人とが向き合っているひと時。黄葉しているのだろうか、鬚をそよろとそよがす秋風は柔らかい。

オリーブ

天上に富積めといふパン・ワイン・實のオリーヴもそに含ましめ　高橋睦郎

『稽古飲食』

松永伍一の『ローマングラス』に「夏の匂い」という詩がある。「眠りからさめ／砂の洪水の記憶からぬけた／女優のようなすがすがしい貌のガラスよ／おまえを見ていると／あの日々の余熱がこころに滲みる／オリーブの木を包んだ夏の匂いがして来る」

ローマングラスとは砂漠の砂に埋もれて数百年の後、ガラス

おりーぶ

と砂の成分が化合してできたもの、銀化というものらしい。ロマンティック、幻想的かつ華麗な変身だ。

　ノアの方舟で有名な伝説。洪水の後、鳩がオリーブの葉を咥えてきたので洪水が収まったことを知った。

　ギリシャ神話では、女神アテナと海の神ポセイドンが一つの街を巡って対立。どちらがアッティカの人々に役に立つかということになり、ポセイドンは人間に必要な塩分を含む水を湧き出し、アテナは食生活に欠かせない、オリーブの森を作った。アッティカの住民はオリーブを選んだという。

　パンとワインと、そしてオリーブ。西洋的、あるいはキリスト教的価値観はこんなところにある。

七竈

ナナカマド根方に土筆茂らせて若き芽はみな上をむきおり

田中　濯
『地球光』

竈に七回焼《く》べても燃えない、材質が固いところから七竈と名付けられたとか、炭にするには七回燃さなければならないからともいう。それが通説だが、実際にはふつうに燃えるのだそうだ。そうなると訳がわからない。

また雷電木ともいう。赤い実のなる木で、「赤実生り木」の「あ」が抜けて「かみなりのき」になったというのだ。これは

ななかまど

ネットに載っていた情報で、ホントかな。

しかしほんとうに木の名前にはいい加減なこともあって、まことしやかに伝わっている。私は研究者ではないので、本当かどうかではなく、どれほど発想がユニークか、面白いほうに加担している。

ななかまどの実も紅葉もほんとうに美しい。北海道に多いのだが、真っ赤な葉の上に雪が積もり始め、やがて葉が落ち、雪のなかから赤い、愛くるしい実が覗いているのはなんともいえない風情がある。寒さがそこだけほっと緩むようでもある。

同じ歌集にある「ナナカマド並木となりて照る道の果てに伸びたり国道4号」がある。国道4号は、東北道だが。

楓

雨すぎし楓は紅葉する前のあはき緑のしづけさにあり　　香川ヒサ『テクネー』

・楓《ふう》の木は人倚りやすき倚れば涼し　田中裕明

フウ（マンサク科）とカエデ（カエデ科）は別物。本来カエデのほうは「槭」。『原色樹木大圖鑑』によると「楓と書くのは間違いである」と断定している。それでいてカエデの項に「縮緬楓」などと「楓」の字を当てているので訳がわからない。雑駁に言ってフウは葉が三つに分かれていてカエデのほうは細か

かえで

い。

松本清張の「張込み」という小説の中に、緩い勾配の道の両側に「落葉がいっぱい溜まっている。森林の黄蘗色《きはだいろ》に、楓が朱をまぜていた」という一節がある。こんな描写必要なのかと思ったが、暗示的でもある。吝嗇の年長の男とつまらない生活を送っている女が、かつての恋人（殺人犯）に呼び出されていそいそと会いに行く。殺人犯と言えど心を許した相手。枯れ山に、ほんのいっとき朱を灯す。恋人は逮捕され、元の味気ない日常に戻る女の、最後の朱。

紅葉するまえの淡い緑は、微妙なころあい。朱をもやすようでもなく、せつない恋でもなさそう。しずかにその時を待っている。覚悟でもなく、自然体に。

椢

椢の木に来る野鳥なし椢の木は冬を灯さぬ暗緑の家

柏崎驍二
『四月の鷲』

深草少将が、小野小町のもとに百日通うことを誓うが、九十九日で亡くなってしまった「百夜通い」の伝説。その日数を小町は椢の実で数えていたという。後に深草少将を弔うためにその実を植えた。隨心院の周りには椢の木がたくさんあったらしいが、(故事を信じれば九十九本あったはず)いまは一本だけ残っている。

かや

・世紀末《せいきまっ》小町《こまち》榧《がや》発《はつ》大清浄願《だいしょうじょうがん》　夏石番矢

いっぽう名古屋城にある榧の木。藩祖が出陣のときこの実を食べたことから、その後正月には欠かさず供されるようになったと聞いた。焙煎すると香りがよく和製アーモンドとも言われるらしいが、食べたことはない。おそらく食べるまでにするには手間暇がかかるはず。それを昔の人は惜しまなかった。実にはそれだけ栄養があるのだろう、漢方にも使われはするが。

榧の実は、鳥が啄んで食べるように軟らかくはないから鳥も来ないのだ。榧の木も、冬に入ろうとする家も、あまり明るくはない。

・榧の葉を裂きて匂へり冬に入る　飯島晴子

桂

音なき桂の一樹金葉《きんえふ》を降らする彼方土は火傷《くわしやう》す

葛原妙子

『朱霊』

『古事記』の海彦山彦の話。山彦が、兄海彦から借りて、失くしてしまった釣り針の返却を求められて泣き悲しんでいるとき（こういうとき昔は神様でも男性でも泣く）、塩椎神《しほつちかみ》が表れて知恵を授けてくれ、固く編んで塗料など塗った丈夫な無目勝《まなしかつ》間《ま》の船に乗せてくれる。

言われた通り綿津見の神の宮殿の、泉の傍らの茂った桂の木

かつら

に登って待っている。水面に写った影で侍女に見付けられ、いよいよ豊玉毘売《とよたまびめ》と出会うというくだりである。高木の上とか茂った木とかではなくて、はっきりと桂の木、と書いてある。

桂の木には何か霊力のようなものがあるのだろうか。古代の中国では月に生えている木。「月のなかにある高い理想」だそうだ。とても抽象的だが「理想」というあたりには哲学的な匂いがする。

桂を「音なき」といい、金葉というのだから紅葉しているのか。桂は真っ赤に燃えるという感じでもないので火傷するとまでは言えないと思うが、葛原妙子一流の直観と言うべきか。

落ち葉

たとへば君　ガサッと落葉すくふやうに私をさらつて行つてはくれぬか

河野裕子

『森のやうに獣のやうに』

「ガサッと落葉すくふやうに」こんな衝撃的な比喩があっただろうか。攫って行って欲しい率直な意志が、新鮮だった。若い女性の切実な恋ごころに共感したものだ。

・木の葉ふりやまずいそぐないそぐなよ　楸邨

同じ落葉でもこんなにも違う。年齢の故か。

さて埼玉県所沢市周辺の三富新田は、いわゆる里山のある田園地帯である。里山は自然林ではない。江戸時代に開拓された土地で、区割りをして個々の家に分けられた。細長い短冊形の土地に手前から住宅、畑、一番奥に里山（雑木林）を配置する。その里山の櫟や楢の落葉を利用して肥料にし、畑を耕す。つまりは循環型農業である。

ここでは農業にたずさわる若者が主催して落葉掃き、堆肥作り、種芋づくり、植え付け、収穫と一年の行事に私たちを参加させてくれる催しをやっている。

落葉を竹の籠に詰め込むのだが、ベテランが詰めると横にしても溢れない。きちっと畳み込まれて、それでいて集積場に持って行くと、ガサッと捨てることができる。何事にも技というものがあるものだ。

多羅葉

人の歌に見し多羅葉を探さんと布田薬師寺の秋山あゆむ

田谷　鋭

『水晶の座』

葉書の木として有名。尖ったもので葉に字を書くことができる。これに切手を貼れば届けてくれる。もちろん定型外として。郵便局のシンボルになっているというが、実は初めは手紙ではなく経典だった。お経を書いたのだ。だからか今でも寺に多く植えられている。

植物というのは医者がいないから自分で傷を治さなければな

らない。脂《やに》なども傷口を塞ぐ役目をしている。

多羅葉は、葉を傷つけられると黒い物質を出して傷口を覆ってしまう。その黒くなったところが字になるということ。木は自分で自分を守る、傷を癒したり、安全なほうに枝を伸ばしたり、動けないけれど知恵は働いているのである。

しばしば見かける木ではあるが、そうは言っても何処にでもあるわけではないので、わざわざ出かけて行ったのだろう。誰かの歌に「多羅葉」とあった、もしかしたら知らない人の作品を見たのかもしれない。歌を理解するためにも一目見ておかなければと、歌にあった、布田薬師寺という寺をめざしたのである。

梛

月照ればみつみつと世に影生《あ》れて走湯山にしげるなぎの木

米川千嘉子
『あやはべる』

走湯山伊豆山神社は頼朝と政子が逢瀬を楽しんだところとして有名。伊豆山神社では毎年実朝を偲ぶ中秋の名月歌会が開かれる。その名月の情景ではないだろうか。

梛の木は伊豆辺りが北限で温かい地方を好む木である。常緑樹で、葉の色が変わることはない、あるいは針葉樹でありながら葉がやや広く、縦に裂いても切れないところから、夫婦の縁

なぎ

が切れない御守りになった。鏡の裏に梛の葉を入れておくといつまでも夫婦円満でいられるとか、また逢いたいと思う人が鏡の中に現れるとか、なにやら艶っぽい迷信がある。

私は熊野速玉大社の大きな梛の木を見たことがある。今時の高校生でもそんな俗説を信じるのかと思うほど、熱心に梛の葉っぱを集めていた。

梛の木は熊野信仰と深い関係がある。熊野詣でのとき梛の木の葉をかざして行ったのだという。榊ではなく梛の木を玉串に使うこともあるそうだ。

また梛の木の「なぎ」は「凪ぐ」に通じ、海へ出ていく人たちの信仰も集めている。

黄楊

こゑ絶ゆる秋のひかりに一叢の黄楊の藪こそきらきらしけれ

河野愛子

『鳥眉』

材がやや黄色っぽいので黄楊と書く。もう一つ木偏に石とも書く、柘植。漢字は意味を持っているので、何となく推測のできることがある。つまり石のように固いから柘植なのである。櫛や印鑑に用いる。

固いということであれば当然ながら成長が遅く、工芸品の材にするまでには五十年以上かかる。

つげ

黄楊は櫛で有名、とくに薩摩黄楊櫛が知られている。髪の艶、頭皮の保護など、髪の手入れにはもっともふさわしいのだが、今は材料不足で高価である。安価なプラスチックに押されて黄楊の櫛は衰退しているが。

上野池之端の「十三や」は黄楊櫛の専門店で、今でも健在なのだから需要があるのだろう。

黄楊はたまに古い家の庭に植えられていたりするが、玄人好みで、素人の私にはは面白味がよくわからない。しかし美しく刈り込まれた黄楊の古木はなかなか上品。

・水馬流るゝ黄楊の花を追ふ　　素十

花は小さく目立たないが、古老のような木にも花が咲くのは何か優しい。水馬《みずすまし》だって追いたくなってしまう。

ヒマラヤ杉

ヒマラヤ杉はなまなまと大き実を掲ぐ不逞に生きてわが肩の雪

永田和宏

『無限軌道』

ヒマラヤ杉は文字通りヒマラヤが原産地。カシミールやアフガニスタンの一〇〇〇から四〇〇〇メートル地帯に分布。特性に耐寒性とあるのはわかるが耐暑性もあって、寒くても暑くても大丈夫ということなのか。

ヒンズー教では聖なる木ということになっていて、ヒマラヤ杉の森で厳しい修行をしたのだそうだ。

ひまらやすぎ

ちなみにパキスタンの国の木はヒマラヤ杉である。木は緻密で腐りにくく建材にも適しているし、香りはアロマテラピーにも利用される。

私はあまり馴染みがない。球果もむろん見た記憶がない。写真で見ると松ぼっくりのよう。六センチから十三センチとあるのでかなり大きくなる。花が十月ごろ咲いて翌年の十月ごろ熟すという。かなりのんびり。

日本にも公園などにあるのだから珍しくはないのだろうが私が気付かなかっただけか。

大きな実を掲げているヒマラヤ杉を前にして、不逞に生きている感慨を持つ。大きな木を前にすると誰でも、自分の生き方を振り返ったりするものだ。

杉

スサノオのひげ抜き散《あか》つ末として杉ものいわず千年《ちとせ》を経たり

小高　賢
『太郎坂』

「日本書紀」によると素戔嗚尊が、髯を抜いて放つと杉になった。胸の毛を抜いて放つと檜、尻の毛は槙、眉の毛は樟になった。それぞれ用途があって、杉と樟は船を作るのにふさわしい。檜は宮を作るのによい、槙は寝棺を作るのによいとされる。この頃からすでに木の性質、材としてどう用いるのが適切なのかを知っていたのだ。

すぎ

千年を経た杉、古木大木だが、屋久杉などは千年以下の木は屋久杉とは言わない、小杉というらしい。それほど樹齢の長い木である。

おそらくこの歌は古木のことだろうが、別の読み方もできる。つまり材として千年保っているということ。千年の樹齢の木は、材となってからも千年保つのである。もちろん使い方でも差がでる。適正に用いなければそうはもたない。宮大工は、その材をきちんと生かしているかどうか、千年後の大工に笑われないように使うのだと聞いたことがある。

木の命は、生きている時間だけではないのだ。

平兵衛酢

大空のしたにけな気なり平兵衛《へべす》酢の木幼き苗木すらり立ったり

佐佐木幸綱

『ほろほろとろとろ』

江戸時代の末頃、日向地方の長曾我部平兵衛という人が山中に自生しているのを発見して自宅で栽培したのが初め。平兵衛の酢と言われたことからの命名。

カボスに似ていて、果汁が豊富、しかし保存の問題などでなかなか全国に出回ることが難しかった。さらに日向地方では嫁入りに苗木を持たせるとかで、自宅にある木であり、商品とは考えなかったらしい。それに目を付けた業者がいて、冷凍技術なども進み、一気に広がって、今では通販でも売っている。

これはどこの苗木だろうか。日向土産の木を自宅に植えてあるのだろうか。苗木よ早く実を付けてくれ、酒宴に添えようじゃないかと思っているのか。「けな気」と言うのだから、幼い孫でも見ているような眼差しだ。柑橘類には違いないが、「原色樹木大圖鑑」には載っていなかった。学名不明と書いてある本もある。まだ分類が固まっていない木なのか。そうなると何やら不思議な木に思えてくる。何時の代か、変異して密かに存在していたものが、人の手によって広がっていったのだから。

香菓の実

時じくの香菓の実われの咽に生《あ》れき黄泉戸喫《よもつへぐい》に翳《かじ》り捨つべき

春日井 建

『井泉』

垂仁天皇の世。天皇は、四季を通じて枝に実り、香《かぐわ》しく、不老不死の薬でもある果物を、多遅麻毛理《たじまもり》に、常世の国に取りに行かせた。はるばる海を渡ってついに目指す国に辿り着く。そしてようやく実の付いている枝を八本、葉の茂っている枝を八本折り取って、またはるばる海を越えて持って帰った。

ところがその時すでに天皇は他界していた。せっかく持って

かぐのみ

きたのにと叫んで、ついにそこで命が尽きた。

今でも垂仁天皇陵の周りの濠の中に小さな島があり、田道間守《たじまもり》の墓だという。まさに主に殉じた男だった。

非時香菓《ときじくのかぐのこのみ》とは橘のことだという。非時の香の木の実とは季節でなくてもいつでも良い香りのする木の実という意。しかしこの歌では、その実が喉にあらわれた。春日井建は咽頭癌のため亡くなった。六十代半ばだった。「ときじく」の通り、発病は時を選ばなかった。「呑みこめぬ香菓《かぐ》の木の実がのどもとに膨らみそめぬ癒しがたなく」「放射能《ラヂウム》にいのちあづけて伏しをれば黒雨のふりし街が顕ちくる」。必死に癌と闘っていたのだ。

栗

薄明《はくめい》の空に青葉を吹き上ぐる栗一本が見えて久しき

岡井　隆

『斉唱』

青森県の三内丸山遺跡は、縄文時代の人が、長期にわたって定住していた跡である。行ってみて一番目に付くのが大型掘立柱建物、高層の骨組みである。ただ柱が六本立っているだけで家という感じではない。用途ははっきりしていないようだが、シンボル的なものではあったのだろう。

五〇〇〇年くらい前と言われるが、柱が残っていたという。

くり

栗の木だった。柱に使われたその栗の木の樹齢は一〇〇年ほどで、表面に焦がした跡がある、腐りにくくするためである。栗は水に強く、明治ごろには鉄道の枕木などに使われたが、さらに焦がして強くしたのだ。縄文人はそうした知識があったということだ。

また出土した栗をDNA鑑定したところ、栽培されたものだとわかった。大勢で集落を作っていると単純に山から採って来ただけでは足りない。栽培する技術も持っていたということだ。

栗の木が青葉を噴き上げているエネルギーは、縄文のそれを想いださせる。

落葉松

落葉松の根もとに乳歯うづめし童《こ》どか雪の降る夜を安寝《やすい》す

山本かね子

『瑠璃苔』

落葉松といえばまず思い出すのが白秋の「からまつの林を過ぎて、／からまつをしみじみと見き。／からまつはさびしかりけり。／たびゆくはさびしかりけり。」だろうか。

また落葉松と言えば軽井沢、軽井沢といえば立原道造。「その村にはゆふすげといふ黄いろな花が落葉松の林のなかに、三時すぎると明るくともつた。僕はそれを折つて帰るのであつた。」

軽井沢の落葉松林は自然林ではなくすべて植林によるものだった。浅間山の噴火もあってやや荒れていたのを、何人かの実業家などの努力によって、今のような森の風景ができあがった。一〇〇年も前で、彼らの志が築き上げた景観なのだ。

抜けた乳歯を落葉松の根元に埋める。私の故郷では上の歯は縁の下に、下の歯は屋根に抛った。古い習慣が懐かしい。そんな習慣も消えてしまっただろう。これといった謂れもない迷信であっても、人々の心に根付いた民族的な豊かさがあったのではないか。

からまつ

榎

切り株にもとの榎の立ちそそり次第に深き眠りを誘ふ

大西民子
『無数の耳』

木と、歴史的事件とはかなり深くかかわる。たとえば頼朝は梶原景時に追われた時、臥木の洞に隠れて助かった。実朝は銀杏木蔭に隠れていた公暁に襲われた。聖徳太子は物部守屋と戦った時、椋の木の洞に隠れて助かった。椋樹山大聖勝軍寺にその時の椋が残っているらしい。

天武天皇が大友皇子に攻められたとき、榎の木の洞に隠れて

えのき

助かったということもあった。(『木の歴史』より)

後に街道には木が植えられた。日陰を作って旅人を守ったり、実の生る木は旅人の食料に、櫨は蠟を採る産業のためでもあった。榎は一里塚に植えられた。何の木を植えたらいいかと家臣に聞かれた家康が、「ええ木を植えよ」と言ったのを聞き違えて榎を植えたという。

冊子「樹」4号には、画家の横山操が、五日市街道の三本榎に寄りかかっている写真があってすごく素敵だった。私はそれで横山操を知ったのだった。

榎を切ったあとに新しい枝が伸びている。そこに何か永遠の命を感じることは誰にでもあることだ。命はかならず蘇る。そんな安堵感が漂う。

樫

一本の樫の木やさしそのなかに血は立ったまま眠れるものを

寺山修司「初期歌篇」

高田宏の『祈りの木』によると、七色に変化する樫の木があるらしい。鳥取県大山の麓。「虹の木」と呼ばれて天然記念物になっている。実生でもできず、挿し木取り木もできない偏屈な木である。四月ごろは赤、五月ごろは橙色、六月ごろは黄色、七月ごろは黄緑、八月九月は緑、十月から十二月が深緑、一月から三月は黄緑斑、何とも不思議な木だが私は見たことがない。

かし

伯備線の車窓からも見えると書いてあったが、他の木に紛れてよほど知っている人でないと見付けられないだろう。

樫は常緑樹だから常に緑色のはず、しかし常緑樹といってもむろん落葉しないわけではない。秋に一斉に紅葉して全て散ってしまうわけではないというだけのこと。

「木々が葉の色を変えるのは、生命の証である。造花造木はどれだけ経っても色を変えることはない。生命あるものだけ、ぼくたちもふくめて、変色してゆく。」と高田宏は言う。変化、それこそが命なのだ。

一本の樫の木、そのなかに血が通っていて立ったまま眠っている。その血は生きている証でもある。

椌の木

椌《むろ》の木の根方の洞にするすると皮膚脱ぐ娘　のぞくなのぞくな

小黒世茂

『雨たたす村落』

・吾妹子が見し鞆《とも》の浦《うら》のむろの木は常世《とこよ》にあれど見し人ぞ無き

・鞆の浦の磯のむろの木見む毎に相見し妹は忘らえめやも

・磯の上に根蔓《ねば》ふむろの木見し人をいづらと問はば語り告げむか

天平二年十二月、大伴旅人が任を終えて大宰府から京へ戻る

むろのき

途中、鞆の浦を通った時、亡き妻を偲んで作った歌。鞆の浦は潮待ちの港であった。

角川文庫『万葉集』武田祐吉校註によると、椌の木は、「松杉科の喬木。ハヒネズ、ネズミサシ等、杉に似て柔い葉の樹。當時鞆の浦に有名な巨樹があつた」とある。

東松島市にもあるらしい。護良親王が奥州に行く途中、筆に使っていた木を差すと根が付いたという。天然記念物になっていて、傷んではいるものの今でも立っている。

この歌、木の洞で脱皮している朽縄か。脱皮している、つまり人間でいえば着替えをしているところだから覗くな、という。ユーモラスに捉えている。

榲桲

榲桲《マルメロ》を文鎮となし書く挽歌蒼き暑熱の土にし消えむ

浜田　到

『架橋』

マルメロ、つまりは西洋かりん。マルメロは果実のことで、木のことはマルメレイロというらしい。

「榲桲」と、あまり見かけない字を書くことも、何となくうれしい。原産地はイランとかトルキスタン地方で、異国情緒を感じるのである。ちなみにマルメロとはポルトガル語。ポルトガルは江戸時代の日本にとって、世界との窓口であり、外国そのものだった。

つまりカッコいいのである。憧れの、遠い地方を思わせ、エキゾチックな気分になる。マルメロを文鎮にするなんてステキ！　と思ってしまうのだ。しかも挽歌をしたためているのである。「蒼き暑熱の土」って何だかよくわからないけど、とにかくこの歌はカッコいいのである。

いちおう果物ではあるが実をそのまま食べることはない。固いしおいしくない。かりんと同じように果実酒にするかジャムなどにする。ちなみにマーマレードの語源はマルメロだとの説もあるとか。長野県、新潟県などで栽培されているらしいが、今でもそれほど盛んということはない。憧れるだけで馴染みのない木である。

椎

笑ってと言われて困っているような顔の車だ　椎の木の下

服部真里子

『行け広野へと』

椎の木の下に止まっている車を擬人化して詠っている。笑ってと言われたって笑えない。止めてはいけないところに止まっているのだろうか。なんとなくバツの悪そうな、そういわれても笑うわけにはいかない車。

雑誌「巨樹に会いにゆく」によると、伯耆の大シイ、志多備神社のスダジイが日本一の巨樹だったが、その後御蔵島にさらに大きなスダジイが見つかったらしい。「巨樹の会」では地上一・三メートルの幹回りが五メートル以上を巨樹と決めている。（環境庁とは別）

御蔵島の巨樹の森の多くはスダジイのようだが、写真で見ると異様な姿、怪しげなというか神の域に達している姿である。簡単には入れないらしい。自然を保護しているのだ。そうすることで、巨樹が異様な姿になりながらも威厳を持って生きていられる。

しかし私たちは身近な公園や神社の境内で、日常の仲間として暮している。実を食料にした（少なくても子供のお八つになった）のは五十年くらい前までのことである。

・椎落葉をみなに鰭のあるごとし　田中裕明

沙羅

沙羅の木はもう一本しか生きてない西陽の強き場所に置き来て

なみの亜子

『ばんどり』

沙羅は夏椿のこと、釈迦入滅のときにあった沙羅双樹とはまったく別。インドの木が日本にあるわけがなく、沙羅双樹に見立てて、清楚な白い花の咲く夏椿を沙羅としたのだろう。悟りを開いたとされる菩提樹も日本でいう菩提樹とは違う。

沙羅双樹は釈迦入滅のときに悲しみのあまり、白くなって枯れてしまったという。森鷗外の家でも、鷗外の亡くなった後、

しゃらのき

あまり花付きのよくなかった沙羅がその年たくさん花をつけてその後枯れてしまった、そんなことを読んだ気がする。うちでも、秋に父の亡くなった翌年、海棠が見事に咲いてその後枯れてしまった。突然に枯れたのである。何とも不思議だった。

そういうことはしばしばあるらしい。木には心があり、いわば殉死のようなもの。本当かどうかわからないが、自分の家にあったことなので、私は信じている。私が死んだら共に死んでくれる木があるだろうか。蠟梅かなあ。

この歌の沙羅は、そういう枯れ方をしたわけではない。西日が強すぎたせいかと自省しているのだろう。

椿

目ざむればつらつら椿凍りつつわがうちに在りたれと出逢ひし

水原紫苑
『くわんおん』

草野心平の「雨の円覚寺の椿」という詩。青鬼の。／エナメルぬりの舌のような。／葉っぱのむらがりからよだれがたれる。／まるまるって鈍く光っておちる。／靄がわき。／うす暗く。／トラホーム色のランプがともる。／ランプが。／十五か十六ともっている。／音がなく却って。／古代がひしめいて私をとりまく。（以下略）というのだが、歌人の感覚とはあまりに違う。葉の照りを、雨の中と言えどエナメルの舌という比喩。花のことはトラホーム色という。充血ということか。美しいというより怪しげ。不気味と言っていいだろうか。

ただ、古代がひしめいて私をとりまくと言っている。古代からの美や妖しさに還元しているのは面白い。

短歌的には怪しさではなく妖しさ。むしろ美しさの極みとしての妖しさになるのではないか。

「つらつら椿」という表現には万葉集からの、慣用句になってしまうまでの時間的なものが含まれる。

心の中にある椿と外界の椿、何か交差するような、出会いを夢想するようでもある。

ポプラ

冬枯れのポプラの道を逆行しまたふりだしにもどる、もどれば

藤原龍一郎

『夢みる頃を過ぎても』

ポプラと言えば北海道大学の並木道を思い出す。北海道のシンボルのような木だ。

しかしいろいろ調べてみるとよくわからない。どうやらイタリアヤマナラシというのが近いようだが、図鑑にはイタリアポプラとは別とわざわざ書いてある。こういうときの学者の、何というか頑なさというか矜持というか、はっきりさせておきた

ぽぷら

いという意志のようなものを感じる。ヤマナラシ属あるいはハコヤナギ属ということらしいが、改良種というのか交配種というのか、つまりは作り上げた種類ということなのか。一般には明治期に導入された外来種をポプラと呼ぶ、と書いてあるものもある。ラテン語のポプルスからきていて、人々、共同体、国民などを意味するらしい。新しい北海道という地にはふさわしかったのかもしれない。

ヤマナラシは「山鳴らし」であって、葉が風に鳴るところから来ている。ポプラは落葉樹だから冬枯れであれば葉が鳴ることはない。その並木を行ったりきたり、思案しながら歩いているのだろうか。

槙

槙の木に爪を立て猫がのぼりゆくまひるま何を追ひ詰めゐるか

沢口芙美

『フェベ』

槙は、ほんらい真木であって、檜のことだという。それに対してちょっと劣るイヌマキを槙というのだとか。それでも『木の名の由来』によると、古くは、あるいは地方によってはクヌギやミズナラ、ケヤキなどもマキと呼ぶこともあるということだ。

『花　古事記』によると、京都の六道珍皇寺では、槙の枝を

まき

持って霊迎えに行く行事がある。寺の前で買った高野槙の葉で魂を迎えるという。この世に戻って来た霊を槙の枝に乗せて家まで連れ帰るのだ。

六道珍皇寺は小野篁が閻魔庁に通ったという謂れがあり、どうやらあの世と通じているらしいのだ。

それがなぜ槙なのだろうか。

六道珍皇寺には何度か行ったことはあるが、その行事の時ではなかったので静かだった。小野篁が冥府に通った井戸というのを見ただけだった。

昔は多くの家の庭に槙の木はあった。爪をたてて登っていく猫。その必死さは何かを追い詰めていく気迫がある、猫でも激しく追い立てることがあるのだ。

水木

降る雪に燈架のように立ちつくす銀の水木《みずき》を己れと思う

道浦母都子

『水憂』

ミズキというとまず思い浮かべるのは花水木だろうか。土佐水木とか日向水木とか、何々水木というのは多いが、なにも冠の付かない、ただの水木もある。

公園などにもあるが、多くは里山あたりにある。遠目にも白い花が咲くと、あれだと思うけれど、花が終わって緑の葉が茂っていると、まわりの木々に紛れてしまってまったく目立たな

みずき

い。そこで見つけても何の木だったのだろうと思うような木だ。
しかし葉の形も木の形も整っていて上品。何も条件を付けず
に木を書いてごらんと言われると、多くの人は水木に近い形を
書くのではないだろうか。木の典型のような木なのである。
その名の通り、水を吸い上げる力が強く、春先に枝を切ると
水が滴り落ちるほど、瑞々しい木である。
銀の水木とは雪をかぶっているということだろう。花が咲い
ているわけでもなく、葉が茂っているわけでもなく、雪をかぶ
りながらも燈架のように立ち尽くしている自分。己の矜持でも
あろう。

かぼす

庭に出て仰ぐ香母酸のまだ青し吾の旅程はいまどの辺り

石田比呂志
『涙壺』

「秋になると／果物はなにもかも忘れてしまって／うっとりと実のってゆくらしい」

「果物」という八木重吉の詩である。

そうなのか、果物は何もかも忘れて実っていくのか、そう思うとなにやら肩の力が抜ける。一生懸命実らなければいけない、いい実を付けなければならないなんて考えることはない。実る

かぼす

とは何もかも忘れるものなのだ。

この作者はまだ青い実を見て、まだまだだなと思う。そして自分もさてどこまで実ったのだろうかと考える。しかし考えるようではまだまだ実りは先だ。カボスも熟すると色づくのか、青いものしか見たことがないが。

植物図鑑にカボスという木は見あたらなかった。カブスは橙のことだと出ていた。カブチとかカムズと言った例もある、カボスとのかかわりは不明だが。

柚、酢橘、このごろでは平兵衛酢などとならんで、惣菜に一味加える調味料と言っていいのか、一種のスパイスとして用いる。一搾りしただけで劇的に味がかわるので重宝される。大分県には古木があるらしい。

槐

花こぼす槐《ゑんじゆ》の下の墓石群森の遠くに人のこゑして

大野誠夫
『象形文字』

古代の中国では朝廷の庭に槐が植えられていて、重鎮三公はそれぞれ槐の下に坐った。それで大臣の位を槐位といった。「金槐和歌集」も、実朝が右大臣の位にあったのでその名前が付けられた。

そんなことから出世の木と言われるようになった。

また中国の真似をして、日本でも鬼門に植えられた。木偏に

えんじゅ

鬼と書くからなのか。最近では「えんじゅ」が「延寿」に通じるとして長寿のお守りにもなっている。

南柯の夢という言葉がある。唐の代、ある男が槐の木の下で眠ってしまった。するとある国の使いが来て要職についてくれという、さらに出世して国王の娘と結婚し、栄華を謳歌する。目が覚めると元に戻っていた。槐の根元を見ると大きな蟻の巣があり、これがその国、もう一つの穴が槐の枝に通じていた。柯は枝という意。

この歌、槐の下の墓石だから、一睡であって永眠ではないというのだろうか。そして森の遠くに人の声がする、それは現世の声なのか。まもなく目が覚めるのか。

・我はゆく槐《えんじゅ》がもとの女王国へ　夏石番矢

四葩

四葩《よひら》咲きはつかに世界青む日もぞよぞよとわれに親や子がある

小島ゆかり

『月光公園』

四葩とは聞きなれない木である。しかし誰でも知っている、木についてまったく知らない人でも知っている。つまり紫陽花のことである。

紫陽花が四枚の花弁だからそう呼ばれるようになったのだろうが、四照花だって、じつは金木犀だって四弁だしと思うけれども。

どうやら俳句では四葩を使うことが多いようだ。

・笠を被て四葩に向ふ音もなし　　田中裕明

・四葩切るをとこの手許大胆に　　三橋鷹女

短歌もそうだけれど俳句はもっと短い詩形だから、いろいろな工夫で四音のところを三音で置き換えられないかなどと工夫をしている。

四枚の花弁の花が幾つも固まって咲いている。紫陽花の花は一つ一つは小さいけれど固まって咲く、あたかも家族のように寄り固まって。

紫陽花の花は小さいと言ったが、じつは花びらと思っているのは萼で、その四葩の真ん中にある小さなぽつっとしたのが花。萼が疑似花（装飾花）としての役を果たしている。

風倒木

ナース・ログと呼ぶ朽ちながら森林を癒し養う風倒木のこと

田村広志
『旅のことぶれ』

むろん木の名前ではない。風で倒れた木。倒れてしまえばそこで命は果てる。しかしこれをナースログと呼ぶ。

倒れておしまいかといえばそうではない。倒れた木には苔が生え、微生物が繁殖し、バクテリアが増え、土を豊かにする。そこには虫が集まり、その虫を食べに小動物が集まり、それを狙って猛禽類が飛んでくる。つまりは森を豊かにしてくれる。

ふうとうぼく

木は生きているときも地球環境にとっては大事だが、倒れたあともけっして無駄にならない。森を豊かにしてくれる。森を癒してくれるナースの役目を果たすのだ。

倒れた木が哀れではないことがよくわかる。森にとって無駄なものはない。

吉野弘の「或る位置」という詩「樹の位置――それは／偶然が決めたものだろう。／（中略）／偶然が決めた君の位置を／君はどのように受け入れたか？／（中略）／来歴の総量だけで立ち／それ以外を語らない樹。」

あるがままを受け入れるのが樹なのである。風倒木は他者を癒す、利他。人間は木より偉いと誰が言えるのか。

あとがき

木は無駄がない。

芽が出て葉が出て花が咲き、秋になると色づいて私たちを喜ばせてくれる、癒してもくれる。葉が茂ると日陰を作ってくれる。実が生ると人間や動物の食料になる。太い木を切れば材になる。日本はほとんどが木造の家だ。小さいものは食器にもなる。枝が折れたら焚き木に、幹も伐れば薪になる。

燃やせば灰になって、肥料になったり染料の定着剤になったりする。

自然に倒れた木は、しばらくすると苔が生え、微生物が発生し苗木を育てる養分になる。そして森が育っていく。

究極の利他である。

古木大木になると神さえ宿る。時には神そのものにもなる。神秘性も備わってくる。それでいて身近な、幼友達のような親しさがある。思い出を共有してくれる。いつもは忘れていられる存在でもある。忘れていても罪悪感もなく、いつも其処にある。いつも此処にあるという安心感。

木は、動かず迷わず、恨まず怒らず、泣かず悩まず、僻まずめげず、木のまま木として全うする。

歌びとたちはどのように木と付き合ってきたか。さまざまな木とのかかわり方が分かったのは楽しかった。

はじめは「百樹」をめざしていたが、落葉や木の芽、倒木なども捨てがたく、「百種」とはならなかった。それが私にとっては木のありのままのすがたのように思えた。

連載中から刊行まで本阿弥書店の奥田洋子さんにおせわになりました。また装幀はおくむら秀樹さんにお力添えをいただきました。あわせてお礼もうしあげます。多くの方々にご協力いただきましたこと、感謝しております。

二〇二三年六月

沖ななも

著者略歴

沖 ななも（おき・ななも）

1945年、茨城県古河市生まれ。加藤克巳主宰の「個性」に入会。「個性」（編集長）終刊により2004年、「熾」創刊・代表。

現代歌人協会賞、埼玉文芸賞、茨城県歌人協会賞、埼玉文化賞受賞。

著書　詩集『花の影絵』、歌集『衣裳哲学』『ふたりごころ』『天の穴』『一粒』『三つ栗』『木』『白湯』『日和』他。エッセイ集『樹木巡礼』『神の木民の木』『明日へつなぐ言葉』『季節の楽章』、入門書『優雅に楽しむ短歌』『今から始める短歌入門』、評論『森岡貞香の歌』『全円の歌人大西民子論』他。

現在
現代歌人協会会員、埼玉県歌人会会長、
朝日新聞埼玉版選者。

熾叢書 No.104

百人百樹《ひゃくにんひゃくじゅ》――木《き》を巡《めぐ》る歌《うた》びとたち

2023年９月24日　発行

著　者　沖　ななも

発行者　奥田　洋子

発行所　本阿弥《ほんあみ》書店

東京都千代田区神田猿楽町2-1-8　三恵ビル　〒101-0064
電話　03(3294)7068(代)　振替　00100-5-164430

印刷・製本　三和印刷(株)

定　価：2,200円（本体2,000円）⑩

ISBN 978-4-7768-1659-1 C0092